CAO TANG

有温度有质感的大唐风骨
有颜面有尊严的当代诗歌

出版发行 四川文艺出版社（成都市锦江区三色路 238 号）
网　　址 www.scwys.com
电　　话 028-86361802（发行部） 028-86361787（编辑部）
邮购地址 成都市锦江区三色路 238 号新华之星大厦 A 栋 26F　610023
印　　刷 成都市新都华兴印务有限公司
成品尺寸 185mm × 260mm　　开　　本 16 开
印　　张 6.5　　字　　数 160 千
版　　次 2022 年 09 月第一版　印　　次 2022 年 09 月第一次印刷
书　　号 ISBN 978-7-5411-6382-1
定　　价 15.00 元

投稿 / 联系邮箱：ctsk2016@126.com
电话：028-61352760/86640163
地址：成都市锦江区书院西街 1 号亚太大厦 7 楼草堂诗刊社

图书在版编目（CIP）数据

草堂. 第73卷 / 梁平主编. -- 成都：四川文艺出版社, 2022.9
ISBN 978-7-5411-6382-1

Ⅰ. ①草… Ⅱ. ①梁… Ⅲ. ①诗集 - 中国 - 当代
Ⅳ. ①I227

中国版本图书馆CIP数据核字(2022)第101955号

Contents

目 录

2022-09（总第 73 卷）

封面
诗人
Featured Poet
Cao
Tang

云的意义，及其沙与漠（组诗）

◎ 姚风

[威廉斯堡大桥]

清晨，漫步纽约威廉斯堡大桥
远处的摩天大楼沐浴着晨光
春笋一般朝着天空生长

多少人正从梦中醒来
“我梦见了遗忘小姐，
她修改了我的梦境”
墙上的巨幅涂鸦
用梦幻的色彩涂抹着这样的句子

有人在桥上晨跑，有人在遛狗
有人乘火车往返于每天的起点与终点
护桥栏的铁丝网上
挂着各式各样的连心锁
这么多锁，一定多过钥匙和密码

人行道的地面上
三个汉字如此醒目：去洗澡
赫德逊河口像巨大的浴池
翻滚着碧波

[我饮故我在]

酒，无法解决任何问题
但可以搁置
在水中点火，一阵灼热
鱼群游向更深处

一次次举起杯盏，一面白旗
时光的难民在原地抵达了彼岸
地平线消失了
笼子长出翅膀，飞向了天空
天地如此辽阔

我饮故我在
岂能辜负明月与大海的欢舞
登临至六十五度的桅杆
我们才不是异乡人

不为欢庆，只为唤醒遗忘
在纯粹的酩酊中忘记
把爱情与死亡拧在一起的
一个个“然而”与“但是”

[虎年写虎]

——写于壬寅年初一

心有猛虎，细嗅蔷薇。
——西格里夫 · 萨松

壬寅年带来老虎
我们画虎，写虎，说虎
狐假虎威，彼此祝福
但我们心中并没有猛虎
因此有了更多的羔羊
花园里的蔷薇也十分孤独
更孤独的
是动物园里的老虎
禁阻的铁栏
紧扣着它的身躯
早已替代了皮毛的斑斓
这被判以无期徒刑的猛兽
在欢庆的鞭炮声中
不知道如何度过它的本命年
不知道何时回归山林
更不知道
何时回到我们的心中

[最南端的海]

来到大陆的最南端
大海已是另一个大海
你转过身，用湛蓝的目光打量我
然后走向一只船

但你最终独自向前走去
在水平线的尽头
纵身跃上蓝天

而我跳进水里，一直游
游至水变成海
在浪涛间我饮下大剂量的蓝
来洗涤我的身心
我要呕出郁积的阴影、喧嚣和尘埃

[云的意义]

绝不是羊群
没有谁可以放牧你

作为天空的领主
你只会不羁地奔走和书写

你的字典里
没有“边界”这个词

你写下瞬息万变的文字
告诉我须臾的意义

你让我倾听蓝色的空无
让我安静下来

有时候，你让一朵云飞进我的眼睛
你用这朵云看着我，好像我也是天空

你以雷鸣和闪电
反复告诫我人间尚存的不公和苦难

你铺开洁白的桌布
呼唤天上的亲人和众神共进晚餐

你会化为水来到我的唇间
溢满即将枯竭的心

你打开所有的窗子
让我在四壁画满你的肖像

[阳 光]

太阳的腰间，皮毛柔软而斑斓
在此，我用我的手
找到你的手
每一只手都有完整而柔软的手指
它们一起劳作，直到阴影降临

[“未来是一个清晨”※]

未来是更大的命运
开始于昨天
每一滴水都流向未来
每一个活在今天的人
都在为未来做准备
当我们流下眼泪
那是大海
在远方拍打我们的面颊

未来是一个清晨
树木结满鸟鸣
大地玫瑰盛开
我们在每一滴露珠里
微笑着奔跑
穿过黑夜的门槛

※：“未来是一个清晨”为笔者翻译的葡萄牙女诗人索菲娅·安德雷森的诗句。

[沙与漠]

1

我松开手
手里没有一粒沙子
只有沙漠

2

沙漠不是失败
打开的书，只有骨骸
没有尽头

3

只有人是人的尽头
为了抵达
必须在石窟里凿亮黑暗

4

我六十年的眼睛
装不下这无边的荒凉
因此我欢喜
尽管明天我还要退回
那张悬在四十三层楼的床上

5

太阳在葡萄干里
张开甜甜的嘴唇

我也张开嘴
向卖葡萄干的老汉
要了一杯水

6

用沙子
往身体里装满沙子

身体微不足道
只是皮囊

7

谁是我?
你走到神的面前
静默里
有无限而唯一的回答

在无限的石头里
你拾起一块你的石头

8

没有水
那就啜饮眼泪
而眼泪舍不得流下来

被蒸发的悲伤
甚至找不到天上的云

9

到处都是光
我无法躲进我的阴影

10

我矮了下来
让夕阳代替我的头颅

最后的燃烧中
有灰烬和一个新的清晨

11

我们去了玉门关
走在我们前面的
有王之涣、霍去病、班超……

没有人记得还有姚金贵
他既不是诗人，也不是将军
他只是戍边的士卒

12

你告诉我一个秘密
所有的鱼都闭上了眼睛

或者说
每一粒沙子都有沙漠

13

从飞机的舷窗俯视
群山仍在奔跑

你们依旧年少
浑身披着一层新雪

14

走进沙漠深处
就戴上了最辽阔的镣铐

关押空无的看守
有一张看不尽的脸

15

没有墓地
也不知墓碑为何物

或许我们
就是正在行走的墓碑

16

沙漠是无用的敌人吗
在我居住的城市
建筑工地的沙子又涨价了

17

每一颗沙粒，每一块石头
都是不一样的
沙漠不屑抄袭自己

18

我爱这些枯黄的草
也更加相信那些不存的花朵

低飞的麻雀

姚 风

1968年，我上小学三年级。年底的某一天，我们正在上课，班主任翟老师把我叫出去，说是去见两个人。在班主任的办公室，我见到两个斯斯文文的人，他们没有说明来意，只是简单问了我有关家庭情况的几个问题。不久后，我就收到通知，我被北京外国语学院附属学校录取，要去那里学习西班牙语，从此，我的命运被改变了。

命运让我走近西班牙，和它的语言结缘。

然而，我们对西班牙知道得很少，在外语学校七年的时间里，我不知道塞万提斯是谁，也没有人讲过《堂吉诃德》，更不知道洛尔迦。我们用的教材都是中国老师按照时代的要求自己编写印制的。在这段时间，我接触的诗歌是稀少的，熟悉的诗歌大多是豪情万丈的革命诗歌，偶然会读到郭小川，会感觉到一股清流在流淌。

七年的西班牙语学习之后，我们全体被下放到北京的郊区农村接受贫下中农的再教育，期间恢复了高考，我得以幸运地考进大学学习葡萄牙语。大学毕业后，我被分配到中国社会科学院外国文学研究所从事葡萄牙语文学的研究工作，其实根本谈不上研究，青涩的我甚至还没有跨进文学研究的门槛，不过当时研究所名家云集，我竟然与柳鸣九、吕同六、郭宏安等著名学者和翻译家同在一个研究室，有幸当面聆听他们的教诲，使我受益匪浅。在这段时间，我真正开始接触诗歌，涂抹过几首不敢示人的肤浅之作，同时开始翻译诗歌。我偶然收到一本葡萄牙古本江基金会寄来的埃乌热尼奥·德·安德拉德的诗选，题为《可以栖居的心》，我如获至宝，他那以奇特的想象力去唤醒词语的纯粹抒情给我带来巨大的惊喜，于是开始翻译这本诗集。1989 年，这本双语版的诗集在澳门出版并在里斯本举办了发行仪式，埃乌热尼奥·德·安德拉德和已在里斯本工作的我一起参加了发行仪式。

1987 年，我得到机会赴中国驻葡萄牙大使馆工作，这令人羡慕的工作对我来说却是无趣的，生活也单调乏味，因此我结识了一些葡萄牙诗人，胡乱写了几首葡文诗歌，没想到得到他们的热情鼓励，后来越写越多，最后他们还帮我出版了一本葡文诗集。现在看来，这些诗作无非是揉入了一些中国元素，符合老外对中国的想象而已，到现在只有那首《鱼化石》还算喜欢，其他的都无足挂齿。不过，我至今保持着用葡文写作的习惯，在葡文《句号报》文学副刊开设了"诗文与摄影"专栏，今年初在巴西出版的一本葡文诗集收录了一部分在专栏上发表的文字和摄影作品。

1992 年我移居澳门之后，忙于生计，但间隙中还用中葡文写过一些诗歌，也出版过一本很抒情的诗集《瞬间的旅行》，里面残留着埃乌热尼奥·德·安德拉德对我的影响，然而我基本上是与内地诗歌界绝缘的，没有任何交流，一些大名鼎鼎的诗人我也不知道。2002 年一个偶然的机会，我结识了广州的几个诗人，我们一起创办了《中西诗歌》，与内地诗坛有了更多的接触。从 2003 年开始，我的诗歌变化很大，写出了《老马》《植物人》《狼来了》等至今我还觉得满意的作品，我不太清楚到底是什么原因促使了我的转变，也许是我性格中的一些因素、生活经验的积累以及对更多诗人作品的阅读促成了这种转变，虽然我喜欢我现在的这种诗歌姿态，但我知道这样的姿态已经持续了很长时间，需要改变一下，向更高更远的地方凝望，更好的诗歌一定在远方，在更高的地方。

如果不写诗，我不是现在的我，诗歌于我是个传奇，是个意外，或者也可以说是命中注定的事。在庸常的生活中，诗歌是我最好的精神伴侣，是我参与心灵生活最活跃的方式，也是我观察事物并体验生存之意义的途径。诗歌让我在黑夜看见更多的星辰，在清晨看见更多的花朵，在人群中看见了人。对一个诗人来说，看并且看见是重要的。

米沃什把诗歌定义为"对真实的热情追求"，这需要诗人首先是一个完整的人，其实做一个完整的人是很难的，社会进程的发展并未带来人性根本的改变，人的局限性依旧束缚着每一个人。我们追求真实，但当我们走近真实时，却没有勇气去呈现。因此，我在诗歌里没有写过夜莺，但写过麻雀，我赞美它们在人间低飞，但不会飞进笼子，在笼子里它们面对嗟来之食只会绝食而亡，它们的这种精神足以蔑视很多匍匐的人类。

相信那些不存的时间

——姚风诗歌阅读札记

冯 娜

葡萄牙诗人佩索阿生前反复强调自己谁也不是，他是“无人”“一个不存在的小镇的郊外”；然而，他又面对世界宣称“我的心略大于宇宙”；如此具有艺术张力的生命追索和心灵实践，我认为用以形容佩索阿的中文译者姚风也尤为合适。

作为译者的姚风，跨越佩索阿炽热的火焰、埃乌热尼奥·德·安德拉德“白色上面的白”、安德雷森“未来的清晨”……广为人知。姚风译作等身，多年来，他在中文和葡萄牙文的双语世界中穿梭，并愿意投入生命的热情和持之以恒的劳作，长期通过诗歌和艺术推进国际文化交流，也因之获得过葡萄牙总统颁授的“圣地亚哥宝剑勋章”。

译者、大学教授、策展人、诗刊编辑、艺术家、外交官……姚风身上叠加着丰富而多元的文化身份，这些现实生活中的“分身”让他拥有比常人更广阔的生活半径、生命阅历和文化视阈，能够获得“我的心略大于宇宙”的觉知和可能。另一种意义上，作为诗人的姚风被有意无意地遮蔽了；但这种“遮蔽”对于一个诗人并不一定是坏事，它意外地接近了一种“无人”之境，让诗人在“不存在的小镇的郊外”看见了世界。他开口，他要讲述的并不全然是“我”的故事，更是这个世界上众多异名者的生涯。

对于姚风这样拥有多重社会身份的诗人，这个世界的入口并不唯一。他曾说：“翻译诗歌，译者必须对诗的语言表现出敏感，他所塑造的诗人，不应是在译文中彻底死亡的人，而是要考虑如何使作者‘像一个诗人’继续在译文中生存，而不是急于宣判他的死亡和自己的‘诞生’。”我想，长期的翻译工作教会了诗人姚风如何保持敏感和克制，不去逾越作者、译者、读者之间心灵的契约；也让他成为一个深入的、具有审慎气质的读者。一个优秀的诗人首先是一个敏锐、深刻的读者，他在各种各样频率的心灵碰撞中发现自己、理解他者，并复活自己对母语的感知。“无论在什么地方，祖国都无法避免 / 祖国是一种习惯”（《在罗勒大街16号吃早餐》）；“我在母语之外漂泊 / 我不得不用余生来学习”（《在母语之外漂泊》）……姚风的诸多诗歌记述了他的足履所到之处，也指涉了他心灵的居所；他远远不是“澳门诗人姚风”，而是真正集世界性和现代性为一身的诗人。澳门或者世界上的任何地方，阿姆斯特丹、芭堤雅、太原、里斯本、安德拉德故居、北京……都只是漂浮在大海之上的某个不存在的郊外，是诗人姚风深度翻阅世界的一扇扇窗子。除却那些变幻起伏的风景物事，他更关注文化意义上的地理气候；他在汉语中重新体认了这种必须用“余生来学习”的文化的重量，它不仅是空间的，更是时间中沉积、一代代人共同塑造的。诗人姚风自觉地背负起这重量，他深谙一个诗人的恐惧，是“活到老都没有获得精神的力量”（《芭堤雅》），也对“从未跟我谈起历史”（《南京》）的幸存者和罹难者的后代忧心忡忡。姚风在诗中大量使用反讽，却无法戏谑地面对世态；他用大海“甚至不需要／如此高级的人类”这类充满训诫的警句彰显自己的立场；也在“把乌鸦养在笼子里／子子孙孙喂下去”（《白鸦》）的绝望中试图获得拯救的力量。岁月的施洗后他无法说出他曾历经沧桑，但“心中的镜子越擦越亮”（《欢聚》）。周游过世界众多地域的诗人姚风，没有丝毫狭隘的民族观和文化观，在跨文化跨种族的视野中，他关心的是人类整体的命运和处境，他关注个体的生命如何存在，又该如何获得历史和时代的回响。在《永远活着》《一个人的世界》《在圣玛丽娅医院》《遗物》这类诗中，他平实地谈论生死和内心的阴影，在具象、普遍的情境中窥探生命的孱弱和强健，也部分地超越了个体对永生或死亡的惊惶和疑惧。姚风的写作自有一种诚实、老成的力量，他重视细节的审度，也不故作精神的洁癖。最重要的是，他始终朝向的是面对人类文明的写作。这样的文化格局和品格追求塑造了姚风诗歌风格稳健、题材丰赡的整体风貌。他的口语纯正、沉稳，口吻果断、硬朗；短诗居多，干净利落，即便有强烈、激越的感情也被统摄于智性的克制和现代文明的教养之中。

诗人姚风身上确实展现了“诗歌是一种教养”。在《大海真的不需要这些东西》《玉龙雪山》《自由行》等诗作中，能深刻感受到诗人所扬弃、所拒绝、所愤慨和惋惜的现实行径，但诗人并非愤世嫉俗地控诉和宣泄，而是以简洁、锋利的书写向世界投去冷峻而意味深长的一瞥，这一瞥让人正襟危坐，不敢造次。在芜杂纷繁的当代社会，特别是新世纪以降的网络时代，现代诗曾一度迷失于泥沙俱下、狂欢式的现代话语场域中。世俗化、同质化、混沌、交杂的现代性充斥着社会，姚风这样的声音是稀有的、建构优雅的现代性的一种努力。而优雅的现代性的确立并非一日之功，它需要人之为人的觉醒与良知；需要社会整体的教养与文明。姚风自诩“我，一个已在恐惧中学习半生的人”（《镜海》），无论这半生中的恐惧是来源于敬畏还是疑虑，它让诗人保持了得体的分寸感和矜重的风度。在现实生活中，姚风待人接物自然、真诚，朋友们称他为“风雅绅士”；同时他也不会过分热络，对周遭保持着适宜的疏离感，又不觉其冷漠。我深信诗歌引领人的心灵，是通往至善至美的求索，如果一个人不能在诗歌中健全自我的人格和智识，那他的写作是可疑的。在我看来，姚风是少有的知行合一的诗人。也许他内心早已将诗歌作为尺度，恪守着诗歌的教养以及自我人格完善的要求，这样的诗人在任何一个时代都将显露出他独特的风格和志趣。数十年的写作中，姚风保持着可靠的一惯性，他的诗歌指向清晰、立场鲜明，在思辨和反思中一路深掘。

他的近作《云的意义，及其沙与漠》（组诗）佐证了其诗歌持重的一惯性，浸透着思想者的气息。“这被判以无期徒刑的猛兽 / 在欢庆的鞭炮声中 / 不知道如何度过它的本命年 / 不知道何时回归山林 / 更不知道 / 何时回到我们的心中”（《虎年写虎》）；“只有人是人的尽头 / 为了抵达 / 必须在石窟里凿亮黑暗”（《沙与漠》）……这样充满哲思的诗句俯拾皆是。充满悖论的诘问和思辨是姚风写作的一个重要向度，他曾经在一首流传甚广的诗歌《白夜》中写到：“我的心中充满了黑暗 / 什么也看不见 / 甚至那些声音 / 也像一块块黑布 / 蒙住了我的眼睛 / 我渴望光明，永远的光明 / 我对一位欧洲女诗人 / 诉说了我的苦闷和希望 / 她告诉我 / 在她那个寒冷的国家 / 许多人因为漫长的光明 / 不是精神失常，就是自杀”。这首诗的口吻是如此平静如此让人心惊，姚风的笔下很少有奇崛聱牙的事物，他书写日常中的旋涡，就像生命中的潜流，可以吞噬你的未知事物往往埋藏在寻常又深不见底的幽暗处。姚风的诗歌一直努力辨识并揭示着那些来自黑暗、阴影中的声音，这让他必须得始终清醒、保持警惕。坚持这样的写作是艰难的，特别是在面对“这么多锁，一定多过钥匙和密码”（《威廉斯堡大桥》）的时刻，该如何挑选自己内心那把钥匙和密码，是对一个诗人的考验。博尔赫斯曾说：“人会逐渐同他的遭遇混为一体；从长远来说，人就是他的处境。”所以，从长远来看，诗人内心的钥匙也许很重大，它关乎一个诗人如何生存于他所处的时代，又是如何在写作中处理他的时代。姚风选择了“不为欢庆，只为唤醒遗忘”，同时也就选择了“一个个‘然而’与‘但是’”（《我饮故我在》）。诗歌就是唤醒，就是感遇和转折。可以欢庆，在看到“每一只手都有完整而柔软的手指”（《阳光》）的时候；可以酩酊大醉，“要呕出郁积的阴影、喧嚣和尘埃”（《最南端的海》）；更多的是怀着对这个世界的悲悯和爱意，去体恤和同情，“你以雷鸣和闪电 / 反复告诫我人间尚存的不公和苦难”（《云的意义》）。

在生活于二十世纪的本雅明看来，世界上有两种会讲故事的人，一种是在漫长、精彩的游历中见多识广、搜罗众多异闻奇事的水手，所谓“远行者必会讲故事”；另一种是虽躬耕于方寸之地，却熟谙乡邻掌故，对当地传说轶事了如指掌的农夫。在舟车不便的过去时代，这两种讲故事的人各怀绝技、各有千秋。然而，在当下，两者所长并非不可兼得，一个人可以像水手一样游历八方、博闻强识，也可以像农夫一样安居一隅、人情风物了然于心。他们是讲故事的人中的佼佼者，姚风就是这样的人。他从青年时代开始游历世界，至今仍未停下脚步，在他的近作中我们看见威廉堡大桥、翻滚着碧波的赫德逊河、中国大陆的最南端……路途太远，水手要仔细甄选他行囊里的物什，诗人姚风也是。在混杂着不同文化、文明、观念、经验的风景和阴影中，诗人怎样处理碎片化现实的复杂性完全取决于诗人心性和精神的长久锤炼。“一次次举起杯盏，一面白旗 / 时光的难民在原地抵达了彼岸 / 地平线消失了 / 笼子长出翅膀，飞向了天空 / 天地如此辽阔”（《我饮故我在》），诗人超越了那曾经局限并囚禁着人们的阴霾，真正抵达了无垠之境。“我梦见了遗忘小姐 / 她修改了我的梦境”(《威廉斯堡大桥》)，这是诗人片刻走神的小憩，他与世界任何一个角落的路人甲并没有什么不同，和他曾经写过的身份模糊的穷人、黑压压乌泱泱的观众、征服珠穆朗玛峰的人、那些繁杂剧目中“打酱油”的过客、一只盘旋的苍蝇、水族馆里的鱼并没有什么不同。生命在这里完成了对自身和他者的观照，也卸下了对历史记忆、母语、文化承担的重负；此时无人，诗人沐浴着温暖、宽和的时间和生命之光。

姚风的近作像是一个风霜历尽，返回故乡的水手，他在老树下农夫一样独坐，静看风云起落，思考着云的意义，也触碰到“完整而柔软”的清晨。他的诗句变得温厚澄明、返璞归真，像寻找到少年时珍爱的礼物，带给人惊喜。更让人惊喜的是以短制见长的姚风写下了 18 小节的《沙与漠》。“我六十年的眼睛 / 装不下这无边的荒凉 / 因此我欢喜 / 尽管明天我还要退回 / 那张悬在四十三层楼的床上”，诗人在这里“暴露”了时间给予他的馈赠。一个生活过半个多世纪、游历过大半个世界的人是怎样领受时间、参悟生命的呢？《沙与漠》是一首生命之诗，“用沙子 / 往身体里装满沙子 / 身体微不足道 / 只是皮囊”，这是远行人的喟叹，沙子曾灌满他的身体，让他变得疲惫，但最终他会看透肉体的真相，一切都会融入大漠之中。而与大漠有关、那些留名于世的人：王之涣、霍去病、班超、姚金贵……诗人历数着他们的名字，心中或许涌起“滚滚长江东逝水，浪花淘尽英雄”的慨叹。然而，他笔锋一转，“走进沙漠深处 / 就戴上了最辽阔的镣铐 / 关押空无的看守 / 有一张看不尽的脸”，诗人姚风的笔力依然凌厉，他深知沙与漠、人与人群、世事与历史，无法截然分开却会相互淹没。“每一颗沙粒，每一块石头 / 都是不一样的 / 沙漠不屑抄袭自己”，这是诗人斩钉截铁的宣言，也是拥有六十年眼睛的诗人对生命和存在的确信。

出生于十九世纪末的黎巴嫩诗人纪伯伦曾有一本诗集叫作《沙与沫》，他曾写道：“他们在觉醒的时候对我说：‘你和你所居住的世界，只不过是无边海洋的无边沙岸上的一粒沙子。’在梦里我对他们说：‘我就是那无边的海洋，大千世界只不过是我的沙岸上的沙粒。’”这“一沙一世界”的悠远譬喻与数个世纪后姚风的《沙与漠》形成了奇妙的互文。姚风写下了时间，他曾经不相信、不屑于、不允许自己停留的一切，在时间中更深沉地启示着诗人。他在诗的尾声近似抒情地写到，“我爱这些枯黄的草 / 也更加相信那些不存的花朵”。“不存的花朵”，就是佩索阿那“不存在的小镇的郊外”，它是诗人无限的追寻，略大于宇宙的心灵。某种意义上，这与爱因斯坦的广义相对论是不谋而合的：宇宙中从来不存在时间，时间就是运动。

在不存的时间里，诗人仿佛通晓了宇宙的奥秘，“谁是我？ / 你走到神的面前 / 静默里 / 有无限而唯一的回答 / 在无限的石头里 / 你拾起一块你的石头”。我知道，诗人姚风并不会满足于这无限而唯一的回答，他拾起了自己的石头，他还要去往沙漠的更深远处。

实力榜
Major Poets
Cao Tang

进入我们的，另一颗（组诗）

◎杜绿绿

杜绿绿

DU LÜ LÜ

【作者简介】杜绿绿，诗人，兼事批评。主要诗集有《近似》《冒险岛》《她没遇见棕色的马》《我们来谈谈合适的火苗》《城邦之谜》。曾获“珠江国际诗歌节青年诗人奖”“十月诗歌奖” “现代汉语双年十佳”等。

[船 歌]

长江上的货船一早开始忙碌。
从高处望过去，船
一动不动，而江水迟疑
挪着柔韧的身躯。

未被照亮前
这种不确定十分明显。

船和江上、江下的各种事物
对峙着，就像无名山峰在天地间
暗暗使力。
水底升起的寒意趋近船舷
老工人戴好绒帽
缩回内舱。完全暴露的
船体冻得坚硬、脆弱。

它想起许多个黑暗的早晨
也是这样度过，不受控地晃了晃
是做决定的时候了？
但接着，
它很快又想起更多
无动于衷的早晨。

[水 珠]

时间与空间搭建的阴影中
他用声音供养一滴水。
辽阔之前的弱小、贫乏不出意料
水珠令人心颤……脱离庇护
换来了晶莹，愉悦，不是吗？
值得商榷的自由是否存在
成为急需放下的问题。

滚动的透明里，首先要完成另一件事。
听，奔涌的混乱试图分裂这滴水
……它处于崩塌的前夕。他想哭。

水珠中的世界，除了不确定的期许
还剩下什么？他知道。
他后来在笔记中写过此间种种：
摇摆的人群从直径任意点向他走近
观看他，
他们带来了他要的
不要的也来了。
与这些结为一体，挣扎出圆心桎梏
或许是好的。

然而他发出声
驱散了被围的局面。
我们已知，他那天伸出手戳穿水珠
打湿眼角的褶子
他看见：湿润、爱、他种下的茄子
跟随水汽进入夜晚

进入我们的，另一颗。

[激 活]

若是感到疼，必先忍忍。
舍弃自我
以寻得救赎？

切莫为平庸寻找献祭之路。
切莫在诗中教化自己
和他人。

我疼，只因为我感到疼。
而忍耐，
是接受这种感觉的
唯一途径。

某种激活。

[谁之罪]

阳台上的盆栽即将被野草啃完
我早注意到这件事
每天，我都会目睹它们的处境
变得更难。施予帮助很简单
清除花盆里成团的灰草，
掐死虫子，松土
几分钟就完成。可我纵容野草
胡乱生长。
我有手而不加援手
我有眼而忽略不见。

说不上什么理由，吞没的过程活泼但不美。
绿植在包围中
显示出一点挣扎的动人，
我并未从中得到喜悦。

[催 眠]

醒得太早了，房间没有光
什么也看不见
隐约听到纱门推开又合上
我有些惊忧，绵软躺着
更不好的事情会来吗？许多以为忘记的
又看见了——
黑雾哄骗它们，给黎明前的时光缠上
一圈又一圈绷带，
收紧，勒紧，更紧……

这样下去，
我能否有再次忘记的机会？那只远去的花豹回来了
我知道
门框被它挠得不成样子
像我承受过的……
它在院子中央来回踱步，肉爪子扒拉开花坛的土
刚种下去的
早种下去的
都使它不愉快，它要破坏、要恢复
要土只剩下土。
我蒙住被子蜷在床角，它进不进来何时进来谁能管得了
这一刻，我只想尽快睡着
集中精神去想一种颜色
——柔软的，不反抗的，甜美的
粉蓝。据说这是最催眠的颜色。
可惜想象指定色彩的难度
不低于主动遗忘，
你也试试？做完这件事
你便能稍微理解一点我——我在死一般的黑暗里——
尽力粉刷多余的、无用的，可还是
看完大海、雪峰、法老、异国深巷、卫星……
才找到粉蓝。白痴的颜色！
看，
粉蓝的画框里关着湿透了的我，
我小声哽咽着，
一遍遍想起粉蓝的雨水落下来
顺着粉蓝的漩涡
奔向下水道粉蓝的井盖
粉蓝的诗从此
涌进粉蓝的街头被诵读
缓行的你是粉蓝的，你来到粉蓝的灯下
发出粉蓝的声音，你笑起来粉蓝色便碎成
无数块的晶体也是粉蓝。
所有，都很完美
如果我能够爬下床打开粉蓝的浴室
换上粉蓝的瞳孔、头发

我会很快睡着的
即使纱门又一次被撞开也无所谓
那只花豹早已换上这颜色的毛皮。
有点恶心，
你说对吗?

[创作谈]

我曾在一篇谈论小说家的文章中提及“观察”，并对诗人和小说家不同的观察方式做了粗浅的对比。我想在此继续这个话题。

小说家必须关注具体细节，物质的、外在的，小说人物的心理路径，也可通过外部细节来组成。茂盛的繁枝构成一个好小说。极简叙述里也有丰富的细节。诗人更需要观察，而不仅仅是体会生活。诗人对观察的仔细程度和方向，决定了诗人的认知和写作道德。茨维塔耶娃说过，诗人洞悉秘密的能力，首先在于发现熟视无睹的事物，用内在的眼眸观察所有时代的常景，洞悉常景的人便是洞悉秘密的人。她准确说出了现代诗人的工作，以及成为真正诗人的方法。这几句话，她提到很多重要的词——每个词都是诗人不可忽略的——洞悉、秘密、内在、时代的常景……它们形成一个完整的圆。只有每个词的功能发挥起来，才能让尝试将语言形成诗句的人们成为诗人，若不能完成这些词赋予的任务，或许不能称为诗人。她说的其实是个常识，下一句，她便说道：这并无任何秘密可言。

那么，一个常识，有多少试图成为诗人的人能真正做到呢？换句话说，有多少人能始终做到？“内在的眼眸”多数时候是闭上或漫不经心的，如何使它睁开和保持专注，以及在这种注视中投入自我，是对以诗为志趣的人极强力的追问。这种注视，关乎诗人心灵的善、纯真、知识、智力，等等。我认为，最重要的一点，应是将自我与被观察对象永久置换的决心和勇气。

成为他，成为它。

这以后，我们才有资格去探究常景、洞悉秘密，才能勉强背负起“诗人”一词的意义。

石立新
SHI LI XIN

【作者简介】石立新，1970年生于江西鄱阳，中国作家协会会员，上饶市作家协会副主席。主编《鄱阳湖诗歌年选》卷一、卷二。作品发表于《诗刊》《草堂》《扬子江》《星星》《诗歌月刊》《诗选刊》《星火》等。著有诗集《沉默的皎洁》《一只灰鹤的肖像图》。曾获姜夔文艺奖、洪迈文学奖等。

每一次飞翔都有灵魂敞开的痕迹（组诗）

◎石立新

[莲花山观乱石记]

像大海咳出的盐粒，带着潮湿的天气，
像粗野的冒险，被投放到少数人的背影中，
像梅雨夜的二胡声，隔墙索要泪水

[一朵野花]

在雷打石的石缝里，
一朵野花，兴高采烈地冒出来

连远方的云，都跑来看你，
一朵野花，没有野心，只有淡淡的紫

在光秃秃的石缝里，长大是很难的，
在坚硬的石头上，它不懂掩饰，也不懂怀疑

[登山记]

年少登山，必赴绝顶完成数次远眺，
必于古刹里，听钟鼓声把仁慈的落日撞成夜色，
亦曾模仿徐霞客于林中吟啸：大丈夫当朝碧海而暮苍梧。
某次，为等一只传说中的鹰出现，从天麻麻亮时，
便待在山顶，直到夜幕低垂，中年降临

[对白鹭经典意象的学习]

它们回来的时候，像记忆，
像祈祷，沃尔科特提供了白色的喘息，
安静的轮廓，以及那些获得了又一份空间的词

漠漠水田边，王维慢走，驻足，远眺，
柳树旁，杜甫快速地捕捉着白鹭被天空泄露
　的踪迹

[瑶里观南山瀑布]

如一群嘴角上扬的少年，
南山诸峰，有冲动而耐看的青涩，
连深渊也在偏爱中追随。飞鸟拍动翅膀，
加深了临渊者的阅世感，人有时候会莫名地，
被翅膀感动，甚至忽然泪流……
进入竹林的夕光，时而手指般晃动。
肌肉线条斑驳的石头，有的呈倒伏状，
有的大半个身子没入土中，似老僧禅定，
有的面若浪子，正于逆流而上的扁舟上挥觞
　邀月。
暗绿色的苔藓避而不谈，时间的胃酸里，
白昼与万物正隐秘地互相剥离。
古道辗转，山风摇动落日金黄的脸颊，
混淆着落叶林、坚果和初夏山泉的气息。
我读过小隐隐于野的故事，我也始终相信，
物与事的变幻中，苦行，是更有说服力的章节。
松涛阵阵，如野史中，某位先生青衫的摆动，
因为浊世而发生。百丈斜崖上，
哗哗飘扬的白绢，是现实主义的水，
夜色渐浓，与南山瀑布高调而湍急的表达，
保持着足够耐心的应答

[天门山]

向前一小步，
就能修改天空的呼吸。

云海自有腹稿，
飞鸟不顾临渊者的感受，忽远忽近。

天门山把清一色的
狂野之气建立在伤痕累累的深渊中，
这样，一根小拇指便能把浑圆的落日，
敲出铜器的音质，把湘西的蔚蓝，
擦得又软又轻。

[饶 河]

《同治府志》录：集昌江，乐安二水，
沿岸皆码头，河市，会馆，腰身纤细的柳枝。

下游三个邻居，为鄱阳湖，长江，东海，
早期旅行者有：茶叶，水稻，铸钱，瓷器，鹤鸣。

清晨如竖琴，为涟漪带来恬静的音质，
夕阳西下，有后生在船头高亢长歌“河那边的妹子”。

成年的雄性鸬鹚，是能与狂浪冷冷对峙的硬汉，
鹭鸟是白色的信笺，在秀丽的河面上年复一年地投递。

水汽氤氲的两岸，万物构成丰沛的秩序，
河水粼粼，每一次奔涌，起伏，都有着可供复述的来处。

[在落日的边缘]

暮色如此浓郁——
湖面完整，广袤似古铜镜。

在落日的边缘，
滩涂常常提炼出无穷尽的油彩。

豆雁背部的灰褐色，
与草泽地的反光，相互交集，沉没，
像不为人知的相爱，被风声隐于空旷。

十二月，风声变得粗重，锐利，
寒冷的冬雨将乌云连根拔起，一道闪电，
在失踪前，会揭露另一道闪电的情史。

雁声如钟鸣，
让黎明总是有所不同，滩涂荒凉，
但每一次飞翔，都有灵魂敞开的痕迹。

[仰天岗]

——兼致白海，佩文，冰炎诸兄

仰是立场，
无论断崖怎样塌陷，绝顶如何猛于虎。

溪水略瘦，耐心垂蔓的青藤，
让不懂躲避之术的顽石们，情绪更内向。

山路上，仍有徒步去深夜的人。
大树底下，落叶加深了阴影和露水泌出的清凉。

寺庙，众鸟的啁啾声，林中分岔的幽径……
仰天岗提供的，正是一首诗被磨得粗粝的过程。

[滩涂上没有悲伤的事物]

野鸭们成群结队地
飞过芦苇丛，芦苇的根，
在湖底长大，在滩涂上继续蔓延。

天麻麻亮，睡眼惺忪的湖面，
像记忆，被纷至沓来的往事催促，
引导，涟漪不绝……

十一月，苔草汹涌，
长至膝盖，仿佛滚滚热泪，
与大地的脸庞，保持与生俱来的亲密。

[巨 浪]

一排排，仓促而笨重的力量，
偏执的集体主义，和它转瞬即逝的危险现场。

巨浪站立，前行，崩塌，
力量仿佛从未存在过，以及白色大象们的身躯。

江面上，风声呼喊爬行，以码头为生的人，
会通过涟漪温顺而绵长的纹路，辨认出巨浪的影子。

巨浪里面的事物不会消失，只有生活在变幻更替

[西门湖上的长脚黑翅鹬]

成群结队的长脚黑翅鹬，
如黑白相间的音符，在荷叶上起起落落。

十月将尽，枯荷与秋天，
如一对苦恋多年的情人，在命运的深处汇合。

湖面上，有你想接近的弹奏者，
在长脚黑翅鹬疾掠的影子里，在所谓的凋零中，
没有任何事物，在天空下偃旗息鼓

[创作谈]

我觉得，每一种飞翔，都是有灵魂的。

每次看到鹤，东方白鹳、天鹅、雁与鹭鸟们掠过时，我都觉得自己能短暂地拥有翅膀，并聆听到风与天空摩擦的声音。

我常混迹于摄影师的队伍去寻找鸟群，他们对候鸟的行踪了如指掌。一般黎明前到达目的地，大家分散潜伏在草泽滩渠间，凝神屏气地等着众鸟醒来。

我问过一个摄影师，为什么要如此年复一年，起早摸黑地拍鸟。他说，当你无数次地端起相机，会发现，每一次飞翔，都是不一样的。

他的回答，一直悬挂在我的耳畔。

诗人的笔，摄影师的相机，命运应该是相仿的。

偏执地给诗歌分类或下定义，恰恰是肤浅的行为，我始终认为，无论是风格内容，还是精神岩层处，好诗会自动派送标准。

孙过庭说：无意乃佳。

郑板桥说：秋云再削，春秋再雕。

凡此种种，皆可出好诗。

写诗是生活中很日常的一件事，诗人已是芸芸众生中的普通一员，不需要拥有特殊标签，所以应该从日常中汲取写作的力量。

唯有日常能够恒新，而日常并不枯燥，是汩汩的源泉。

某种意义上，枯燥是一种更深的深度。

阿奎那说：我们所爱之物，昭示着我们究竟是谁。

我年过五十，依然觉得诗歌是人类生活中某种形式的照明。

我写诗，是为了让自己投向世界的目光里，能有更多的实质性的深情。

罗 铖

LUO CHENG

【作者简介】罗铖，1980 年生于四川苍溪，现居成都。中国作家协会会员，巴金文学院签约作家。作品发表于《光明日报》《人民文学》《诗刊》《星星》等，入选《21 世纪中国文学大系（诗歌卷）》《中国〈星星〉五十年诗选》《四川百年新诗选》等数十种选本；有作品被翻译成英文、法文、韩文等。出版诗集《黑夜与雪》《橘黄色的生日》。曾参加诗刊社第 29 届青春诗会。

我努力理解此刻（组诗）

◎罗 铖

[早 春]

早春自行其是
我站在巨大的冰上
紧闭双眼
故乡的鹁鸪鸣叫了
再睁眼。时光重新开始
鸢尾滴落着雨点
我凝视它们
也许可以写一首诗?
一想到这里
绝对静谧的清晨
我不忍心破坏

[读李贺诗《梦天》]

诡谲的意象是我习惯的茫茫
孤独填满屈从的剩余部分
司命的星辰洞悉了时间的裸像
事实如此：当朝霞铺满觉醒的脸孔
与流水对视，顿如淡泊隐士
立于山巅，高于落日

[暮晚遇雨]

青城山压低了盛夏的火舌
望着落日，这暮晚轻
且薄，无法洞悉野花之灼灼
读懂草木，才永恒
我听蝉声金属的嗓音
如骤雨中河流呼喊
这时候，山川与田野无限庄严
星空在上面，我在下面
平庸的日子在雨声中一点一点消逝
落日稍微一映照，我惶惑的意念
微尘毕现，弦月让群山
成为无为之钵，黑夜趋向虚无吗
爱与恨还未完全放下
一垄糯红高粱正在扬花灌浆
等它酿成酒，我才在一场雪上
说出此刻想说的话

[诗]

自我异化，在黑夜里
化为云的精神思想
不创造诗篇，整个世界
寂静而空白，星辰递给我词语
我在那些词语中修习对世界的观看
当云又慢慢变成黎明的雨点

[初雪夜读《道德经》]

读《道德经》
满山的落叶归于沉浸
如我倨傲的自尊
初雪夜，树木清瘦
意志的海拔上，我用黑暗
反复掩盖星辰的冷凉
星辰蒙昧，读《道德经》
让它们虚有光芒
治愈我的积郁
再返回各自的肉身
——那屈从浩瀚的骨头
我再一次从明朗中走来
群山替我说话，雪的反光
温润地照耀着世界

[暮色如水]

暮色如水，如流水
推动着我心底斑驳的沙砾
我只知渺小里埋伏着
虚无。越冥想，越羞惭
万物的影子黏住世界
我只爱三种事物：
山顶的黑夜，黎明的星空
雪融化后的微风

[等待]

闪电照亮的淤泥
是灵魂恰当的载体
而你渴望的花，每一朵都艰难
如哭或歌唱，如何分辨悲伤

[坐在父亲对面]

他在表达自己
像记忆缺失症患者
我也在表达自己
眺望窗外奔涌的河水

相互赞同，而且微笑
整个暮晚没有变幻的月色
“喝酒吗？”如何婉言拒绝他
所有的爱都如此真诚

你说这是生活，我说这不是
我的生活，我们都活得像另外一个人
树影缠绕廊前的灯光，我努力理解此刻
像那流水，暂时萦回，或永远离去

[说光阴]

泉水埋住了岩石
夜的深处是树的天空
树那么静，天空虚无地生长
秋天降临在荞麦花上
它们应是我的姐妹
寄附在无数沉寂的梦中
领着我正好看见：泉水奔涌
而我如减速的行云
行云爱着流水，唯天地
空悠悠，星辰以飞驰无声地赞美

[看见]

看见佝偻的母亲翻着垃圾桶
看见乞讨的残疾儿童突然销声匿迹
看见溺亡的少年从江流里捞上来
看见巨大的石像正在淋雨
扎根之地肥沃辽阔而繁荣
我看见许多美好事物
却常在黄昏混淆他们的面孔

[创作谈]

疫情带给人类的不仅是前所未有的恐惧和感同身受的痛苦，还有危急时刻对爱的提醒和反思。唯有爱是这个瞬息万变的世界里最平常、最强韧、也最坚决的力量，它是生命力的涌动，更是对抗残酷现实的良药，还有什么药能这么及时地治疗突如其来的疾病和苦痛呢？

在人类苦难记忆的深处，爱抚摩一切，于是诗逐渐舒展开它搏动的筋腱，用不同的文字与奇妙的方式传递出生命的强音。我们在苦难中坚韧，在敏感中温柔，在迷惘中执着，在伤悲中理性……只要有些微的光亮，诗歌便能烛照出人性的通透，如同日与夜的对视，星与月的映衬。

也只有在面对共同的苦难时，诗歌才显得至关重要：同呼吸，共命运。在世界各地，所有跳动的字符都在完全地修复并超越这个世界。无论你身处这个世界的何处，转瞬即逝的此在或不可预料的将来，都是诗歌的功业。

现实待人以残酷，唯有诗性可以凌越。万物趋于一体：生命的敏锐、灵性的警觉和情感的力量，只不过人类还有思想的飞跃和艺术的自觉。

当我们以诗歌来呈现或阐释万物，从而发现：我们自远古以来，一直在发出自己内心深处的呻吟或歌唱，或许，正因为自己才是自己最大的敌人和最好的知己，也因此无论困囿于何种境地，我们都坚决地最终选择歌唱来捍卫生命的尊严，这样，诗歌才经得起时间的检验。

诗歌如同荒原上的火把，闪耀的是爱和理想的全部，传递的是善和存在的意义。于浩瀚之中眺望远方，世界依然年轻而简单，苦难终究像透明的气泡。

让我们在冰凌中钻出新的火星，给我们共同的世界、共同的命运和共同的诗歌以灵魂的质感！

非常现实

Life And Poetry

Cao Tang

矿石的荒野（组诗）

◎汪峰

【作者简介】汪峰，江西铅山人，现居四川西昌。中国作家协会会员。出版诗集《写在宗谱上》。曾参加诗刊社第12届青春诗会。

[矿石的荒野]

安宁河弯着的身子慢慢挂到天上
牦牛坪矿区工棚的窗子里住进了月亮也住进了星星

电铲、钻机、运矿车，轰鸣了一整天，现在
脱去了身上的油污、汗迹和疲惫，暂时被搁置

茅草们在采矿场破碎的废石上忙于赶路，像矿工，
　用低卑的枯槁
来划亮
头顶的露水
和远方乡村里孩子的书包和妻子的化妆盒

一个内心灼热的人用他的劈柴支起矿区的孤独
和一场宽衣解带沉沉的鼾声

一个内心斑驳的人，抱着一堆矿石
是一堆矿石的荒野

[架线工]

踏踩冈峦，扛着电线
在红色的高原之上
牵动危岩

一个架线工，移动血肉之躯，靠近蓝天
云朵
要命的阳光，奔跑着狂热，仿佛火逼着火
我们弯下头颅便是镰刀

梦再好也是梦，光再暗
也有尘埃闪现

橡胶圈、油漆、铆钉、铁塔
自带星座和光芒

他一手抓住峡谷和河流，一手抓住群山的心脏
一个架线工
置身落日的穹顶

安全绳系在水里
一个架线工，在云端走钢丝
用完一万吨盐水

现在，他设法阻止体内白石的燥热
像返身荒凉的山冈
白发人给黑发人引路，从不考虑自己的危险
从黑暗中提取黑夜
和万家灯火
像在墙壁上凿无数个孔
让星光的琼浆喷溅出来，或牵引
时代隆隆的机车，贯胸而过
轰鸣着而去

[马 达]

这机器的心脏也是工业的心脏
它旋转，流水线便马不停蹄
它停下来，肯定会让一个工厂失眠

野草一样的噪音茂盛地生长在南高原
爱情远胜于齿轮的咬啮，滚烫而热烈
麻雀不请自来，这世界，热闹远胜于荒凉

有些马达不为人知
有些马达十分惹眼
有些马达，能带动一火车的云朵
有些马达，让指针在表盘中秘密地转向
有些马达，让机械臂
远超过手臂
在流水线上狂欢

有些马达带动大脑运动
有些马达推动地球自转和公转

但马达从不接受废铁的赞美

[铁 管]

一根铁管，可以输送铁水
也可以输送星光和父亲的隐疾
一根铁管，在车间横贯
满腔的热血任意地奔涌，好日子坏日子
也可能被生活堵住、被铁锈锈住、被水龙头拧住
被积雨云拦住
尘土是一个人高原，阳光往往透不进来
逼仄的体内有积郁的声音，有劳动善意的喘息
一根铁管，也会低头、弯腰、盘绕
它见证了父亲，一个管道工
一生的匍匐、迂回和曲折
在自己的铁管里蛰伏
有时也会用力过猛
像你扶着父亲，弯身穿过铁管
你无法控制
体内的喧哗，在车间
你有着群山的沸腾

黄昏将近（组诗）

◎黄鹤权

【作者简介】黄鹤权，生于 1997 年，鲁迅文学院海峡青年作家高研班学员。作品发表于《北京文学》《扬子江》《青年作家》《星星》《诗歌月刊》《福建文学》等刊。

[在黄石古龙窑]

我只是从这里路过——
不敢更靠近，我看见热浪在火炉
在手上苏醒
不敢比深邃，我并没有比它腹中的
“唐物茶入”※
更轻薄的肉身
我也是一座小小的
宋元古窑，常年拉着薄胎
抚摸水纹
有时，也如针似的刺痛，把土与火拆开
我们都闭关
在夏天的曲径里
经历一样的水深火热、若有若无
再弯曲着抵达
这些，我都不在意
只要还有一块地，供我种下尊严
只要一回到窑洞，终有一盏灯
打着手语

挥动着光亮
领回小欢喜深居简出
这就够了。
我的身体里预留了足够风口
我打定主意，始终充当着自洽这件事
唯一的证人

※：唐物茶入，原产自福州洪塘窑。一种由细泥制成、表面施以酱釉的陶质小罐，以胎薄毫米级闻名天下。

[黄昏将近]

零工、临时工、突击队
这是对他的称呼
站在路边等工作。被货车拉走
拌水泥、运砖，日结工钱
这是他们
将一大摊瓷蓝色汗水宠上大地封面的缘由
是长长的一天
没有尊严，悲喜并不相通
从十九岁到五十九岁，他就像
生机蓬勃的杂草。微霜。一次次
征服清风，向上攀爬
也像流水线上的一台机器，干而瘦，
没法停下
咬着牙持续损耗
有时，生死疲劳之间也会碰上受骗和恶意
如今，年近六十岁
是建筑业清退超龄农民工的年纪
他知道，仅有的体力已经无法再出卖
他被迫染上黑发剂
涂婴儿霜。按下工地的血色馈赠，继续与
衰老、清退、生存作抗争
他说：“这看起来像是在内卷
我很害怕，我们声音很大，但是依旧
不是主流。
所以藏起年龄，是为了生活，强壮就是年轻
没人可以说歇一会儿”
对他而言，
这些是幸福也是悲哀，半生已过
城市留下他一处处指纹规训的瓦片
却没有接纳他的缩影
一切都在时间中逐渐模糊
唯一确定的身份
是故乡面前，想要逃离又要
回航的父亲
只有家族里的婚丧嫁娶
和儿女偶尔视频过来的呼声，才能够
证明他是谁
才拥有耐心听他讲起
下一场雪崩

[当下的启蒙]

（兼致孕 15 周的妻子）

你拥有着她，她拥有着你
你越是任性，越是迷人，她也跟着
一起可爱
“感觉里面有一个
小生命在踢我，或者在打嗝”
孩子，在你未入世前
可以遇见的是
你的名字，待产包的个数、无法割舍的孕检
还有你妈妈生你的画面
那时，绝望有时，摆钟有时。
没有形象可言
每一帧痛苦，都汹涌得可以
单独长成大海
她正拥抱孕吐，把去年走过的路

重走一遍
孩子，我们聊了整整一个下午
如今你已 15 周有余。人间的美正轻轻
为你拉开门栓
我感到，一种缺失的语言空间
正在被填补
如此总结下来，我们都该承认
生育是伟大而危险的。应该值得一期
最好的纪念专题
等你再大一些，
我还将来你梦里陪着
一点点告诉你
我刚在扉页上签下的文字：
世上所有的离别与新生，都会让你
更加
深爱你的亲人

[夜宿珠峰大本营]

（兼赠孕 22 周的妻子）

山更陡峭的时候，牦牛袅娜地穿过视线
走着很慢很慢的步子
雪更近的时候，心情是湍急不休的拉萨河
海拔更高的时候，你就出现了

峰顶上。星空更低了
山水画肌理更深了，凡俗的事物更早醒来了

一探手，一小罐星河坐在毡房的对面
多好啊！素薇，有些人一生都未能感到过它
此刻，我是你的镜面；
正与你对坐，酥油茶备好了。青稞饼熟了
格桑花香了
我们走在互相刻印自己的路上
等一个天使降临人间

生活，生活（三首）

◎富永杰

【作者简介】富永杰，生于 1987 年，甘肃省作协会员。作品发表于《诗刊》《飞天》《四川文学》《天津文学》《北京文学》《诗潮》等。

[秋日]

远远地望去，那些高过泥土的庄稼
像大地上停泊的船只
停泊下来的，还有沙哑的号子
汗津津的掠影
月色中的蛙鸣、鸟雀
以及高过船舱的雨露、阳光与芬芳
岸边，等待它的人没有上船
整整一天，我只看见干枯的船舷边
一双沾满泥土和荒草的手
不断地向身后的空地上抛着金色的浪花

[生活，生活]

一辆车走后，又来了一辆又一辆
做搬运工的二叔
一个被温暖抛弃的男人
总是头也不抬地把一根根钢筋
像搬运一根根骨头似的
一次又一次地往外输送

此时正是夏日的午后
偌大的厂房中，满是钢铁的回声
像是他的心跳
更像一种呼唤
一捆捆钢筋，一会儿挑起他
一会儿扔下他
他与自己分离又合拢
合拢又分离
而盘旋在心头的尘世
对于他来说
仿佛这人间没有他
又仿佛这人间只有他

[洗 衣]

像一座小山矗立在眼前
只看见她佝偻的身影
一会儿像把自己和衣物一样投到了洗衣盆
一会儿又像把自己和衣物捞了出来
“咔咔咔”的搓洗声很重
像挣扎或追赶
她必须赶在男人回家前洗完衣，做好饭——
此时寒冬，北风吹着荒凉的时光
也吹着她披头散发的模样
她甩过冰冷的寒风，一把捞起湿淋淋的衣服
从头至尾地拧了又拧
像一次次地与粗糙的生活
永无休止地较量
当所有的衣物都被挂上了绳索
有的在滴水，有的已结冰
她低头看了看自己
像从冰窟窿里而来。她看了看表
长长地“唉”了一声
那语调，像落日
突然坍塌在山面前

群山奔跑（组诗）

◎岳 西

【作者简介】岳西，安徽人，现居北京。主持“诗想界”。
作品发表于《诗刊》《诗探索》等。

[哑 巴]

要演哑巴我会超过任何一位
我还可以演哑巴的儿子
哑巴的丈夫和哑巴的父亲
我还可以演一家人全都是哑巴
要比哑我将稳拿冠军
要比聋、比瞎和比瘸也一样
一个说话的大师，一个为爱和歌唱而生的人
渐渐露出咿咿呀呀那种
成熟的美

[群山奔跑]

群山在奔跑的时候突然被谁摁住
群山在跑得最快的时候被谁摁死
它们有的被直接摁到了水里
有的被摁成了沙子、平地和水
只有个别的拼命抬起头来想看个究竟
最高的高处仍然空无一物
也有强大的不满埋在地心深处

也有零星的抵抗停在枝头和鸟的舌尖
那时真理刚刚出现
真理甫一现身，万物即表示了服从

[心底之歌]

我像弹钢琴一样弹过许多桌子
弹过门窗、椅背和墙
这些硬的东西
我像弹钢琴一样弹过我高高架起的二郎腿
睡下的时候我还弹过寂寞的腹部和胸腔
我像弹钢琴一样弹过光和空气
我把光里面的灰尘弹得漫天飞舞
我不懂音乐，不会一样乐器
但我有一支歌要弹给你听

[请自己吃饭]

我要给我自己打一个电话
请我坐下来好好聊聊
我要请我自己先喝酒、吃菜、闲扯淡
席间双双爆出会意的大笑
接着我要紧握我的手使劲摇晃
我对我的责备也是不言而喻
我还要借机单敬嫂子一杯，又单敬侄子
我多么希望他们爱我有所值
最后我要盯着我的脸像看一尊铜像
最后我要替我未见面的读者和后人
真诚地为我流一滴眼泪

[平均数]

我吃亏和占便宜是一个平均数
我吃苦和享福也是
我对不起你们和你们对不起我大致相当
感谢所有比我还穷、还不得志的人
是你们用你们的苦难抬高了我

[蜡 烛]

我点亮一根蜡烛
我对它说：你讲
你有什么事情你请讲
我点亮一根蜡烛什么也不为
我点亮一根蜡烛什么事也没有
我就是想听听蜡烛对黑暗的看法

[园 丁]

我要给每一株枯萎的花草、濒死的树木
浇上一些时间
我要给每一个病人、穷人、孤儿和失意者
浇上一些时间
我要背着一根时间的管子走遍这个世界
我要让大地长出一些快意的新芽

最青春

Younger Poets

Cao Tang

遇见（组诗）

◎纳兰

【作者简介】纳兰，本名周金平，生于1985年，河南开封人。文学硕士，中国作协会员。作品发表于《诗刊》《诗潮》《草堂》《星星》等。著有诗集三部，获奖若干，曾参加诗刊社第35届青春诗会。

[没有蜕变和涅槃，哪有此时此刻]

我比幼年时多了很多历史。
观看世界多了些许维度
哲学的、宗教的、社会伦理的以及精神分析的

我比幼年时多了很多悟性
倾听你多了些许层次
过往的、当下的、灵性的以及未来的
可能性。
就像是在探寻一个文本的深层结构。

我比幼年时少了很多天真
但靠近梅时
依然会想到暗香盈袖
靠近你时
依然会圆月那般盈满

[向日葵]

这首诗应该从一个词开始
清空
还至琉璃的本处或植物的身体
接纳光——
光的语言，光的凝视，光的慰藉……

你是怎样的“文本结构”
饱满、细密，
具有话语蕴藉的审美属性。
我该对你如何溯源、批评性地阐释
并保持一种反思性的距离？

明白你之所需
我之所予
保持一种内外明澈的象征交换关系

就像光和向日葵。

一种沉默式地诉说
一种言说式地倾听。

[遇 见]

如果知道生命中将会有你的出现
我就该让一张纸空白下去
直到遇见你

遇见一个救赎的
治愈的
安慰的词

遇见一颗敞开的
跳动的
良善的心。

直到受难的词遇见一个能把它们转化成诗的人。

茶花开得很好，
你拍给我看。
一起去看梅花的念头
变成了去看你
这意味着你相似于梅花。

[更新我，雕刻我]

你说的话就是权柄
利刃一样更新我，雕刻我。

梅花还没有看
意味着花期还在延迟
你还没有说出更多的话
我耳已驯服，心已遵从

雪盏里的普洱
也在保持着倾听的温度。

你的话里
有着灵知主义的现代性

它让我中魔后
又想通过祛魅来恢复清醒。

你的话里还有什么
还有什么

蝙蝠的感受力
还不能捕捉一份超声波的爱

[定]

庐山烟雨浙江潮跟还至本处是同义替换
互粉——
是一个慢词贴近了另一个快词
夏虫和冰，
双向奔赴。

是一颗心遇见了一片光
是一颗心被划归了一片私有领地。
是慧抵达了
定。

我已循着根茎触及沉默的生活
也已顺着光走进了向日葵的内心。

我们寻回了火焰（组诗）

◎李 鑫

【作者简介】李鑫，生于1986年，云南镇雄人，云南省作家协会会员。作品发表于《诗刊》《边疆文学》《草原》《飞天》《中国艺术报》《草堂》等；入选《天天诗历》《诗词日历》《中国新诗年鉴》《2019云南文学选本·诗歌卷》等选本。

[爱情的火焰]

许多年前的夜里，星月全无，
四野漆黑，道路被我们手上的
灯盏照得灰白。
偶尔是猫头鹰突然叫几声，空气
会突然战栗几下，
还有地上的蟾蜍，一点点跳动，
突然到跟前，吓得你尖叫。
我们就这么艰难又甜蜜地走着，
像两个背煤的人，
往家园的方向走去。
那时候我们都很年轻，爱情很新鲜，
除了干净的恐惧，干净的欲望，
我们就像两个背煤的人，背上有
干净的黑暗。
我们就这样悄悄地走回家，悄悄开门，
走进屋里，开灯，
看着光芒里卸下的影子，灯芯一样
在屋里点燃。
我们相互凝视，如释重负地
喘了一口气。
就像我们刚刚从旷野
偷偷带回了爱情的火焰。

[秋天的格式]

柿树伸着手臂拥向我的时候，
我于心不忍，我跑快些，
就像先去拥祖母一样，她已死去多年。
这以后，我心里空下来的位置，
就给了天空。

柿叶结霜的时候，那些超自然的爱
和语言就会现形，

用我们俗气的眼光，表现成洁净的
致意。我在太阳出来后，
为他们的融化流过热泪。

柿树一无所有的时候，所有的火
都在大地上砸碎、熄灭。
这时候月亮出来救场，可惜
是冷色。只有祖母的煤油灯是昏黄的，
只有那小窗的光芒是温热的。

我靠着这样的格式度过了
许多个秋天。柿树易脆，
我对这个世界愤怒的时候，都不忍
过于用力。

[光，或者止血帖]

黑夜黑成了他想要的样子，
凡有光处，皆是星辰。
这个世界不够好，他们糟蹋汉语
像糟蹋粮食。发黑的麦粒在黑夜里
发涨，真担心长不出一颗新鲜的麦子。
可是黑夜还是黑成了他想要的样子，
有绸缎的触觉，有十九株紫丁香的
气味，深藏着一整个夏季
最让人动容又希冀的闪电和雷声。
他看着星辰起起落落，在上下的黑色大河里荡涤，
他似乎赶着万千羊群，一点点隐入
某一个故事的结尾，或者一本书的
最后一个字，一个句号。
这个世界不够好，但也足够容纳
对立面。想想这些，火车经过的声音
就特别好听，像爱情路过，
想想这些，黑夜就黑成了他想要的样子。
嗯，凡有光处，皆是星辰。

[萤火虫]

那些没有月亮的日子，萤火虫
一只只在河边高举灯盏，
我们奔跑啊，少年，
我们摸黑欢喜啊，少年，
我们追逐灯盏我们接过灯盏
穿过了黑暗。
现在，人到中年，
生活的黑夜常常生于明月之下，
曝于烈日之中。
当我纵身跃下思想中的悬崖，并在
持续的眩晕中沦陷于人间的黑暗时，
我摸索着回到那个年纪，
从一个孩子手里，接过萤火虫的灯盏，
高举，像我们寻回了火焰。

[深夜]

你想起一句古诗又飞快地把它涂去，
你想有更好的开头，比如
夜的松子炸开了，所有沉重的事物
都在往下掉。也不够好，
不如柴门闻犬吠，风雪夜归人。
你涂去犬吠，夜深得只剩下寂静，
风雪吹来，你去开门，没有人。
你不得不再次涂去人，只剩下风雪。
你不够满意，你想有更好的结尾，
比如一个脚印在门口冻住了，
你假想已经有那么一个人进来，或者
她一直都在，突然倍感温馨。

词的场域（组诗）

◎尘 轩

【作者简介】尘轩，本名谭广超，生于 1988 年，吉林松原人。中国作家协会会员，长春市作协副主席。作品发表于《作家》《花城》《星星》《草堂》《绿风》《鸭绿江》《诗林》《文学港》《诗歌月刊》等，入选多种选本。著有诗集《圈地运动》《隐形云梯》等。曾获多种文学艺术奖项。曾于北京、长春等地举办个人诗画展及画展。

[词的场域]

一些词同我一道出生，抽出芽叶
离开词典，爬上母亲额头
一些跟在我后面，成为你的脚
从远处走来，踩出一条小径
我告诉一些词，在路的一端等你
成为指路牌、胎记，或灯塔
一些词扭开灯，圈亮一块空间
自此繁衍，把炊烟捋直
母亲坐在光亮中，缝补一些词
我如一团毛线缩在角落，缠绕一些词
夜里，它们被折叠齐整放在枕侧
成为睡在我身边的意象，进入诗
清晨再穿上身，成为发肤与信仰的内容
父亲拾拢干的柴，点燃最早的炉火
词一晃动，泪就上涌
洇湿看似多余的苦难
一些词筑成大坝，拦住另一些的去路
汹涌的，被及时叫停
不是所有词都希望走进一首诗——

我想拿掉“我”，以及“我”的语气
让一首诗透明，像玻璃的堤坝
隔着它，能看清那些水如何离开河床
我尽量不让一些词站进队列，和另一些
混淆、拥挤成另一条河流
在分叉处，不让符号轻易改变它们的本意
一些词尚显粗糙，没有经过谁的修整
为建一个屋宇，它们有必要成为我的宅基地
并为此构建一个新的场域

[生命的家当]

多余的物件都可舍弃
日子越简单越好——
一双筷子一只碗，一卷铺盖一张床
一条路通向你，一道门迎你来
还需一盏灯，映亮家的面容

一扇窗，顺进每天的日光
一面照片墙，终会成为别人的纪念
可决定和谁印在一起，一起泛黄
还可揣起一个身份，寻找粮食和亲人
粮食正在生长，亲人也不需太多家当
不需群山般的衣物，繁星似的故乡
几本老友般的书可伴至暮年
可为必要的卡片腾出一个衣兜

不必带太多家当奔走，那同样属于别人
我们都将成为一处废墟，一座休眠的火山
一串数字，或者一块不再嚼字的碑
牙齿会闲置下来，交给泥土
也不需排队，等待用嘴巴喊到
终会空出一个位置，留给下一张床铺
用以安放——生命的家当

[在变暗的地球上写诗]

反照率显著下降，地球如果正在变暗
以后在人海里找你，可能需要一束光
想看清你的脸，需扭开一盏灯
远行的意义变小，大地浸在同一片暮色中

被昏暗围拢，在微光中相遇
往后，每顿餐食都如晚餐
我仍会坐在暮色里，写明亮的诗
照亮生活中不透明的部分

在变暗的星球上写诗
如处极夜，于漫长黑暗中动用修辞
怀念自然光、形状、色彩、方向感
用想象雕刻，复原你的样子
我需要向熟悉而温暖的声音，靠拢

车灯积成河流，世界向晚
有时，沉默会铺展成一条街衢
从此经过，如走在石头的围囿中
我听到的，都将是你的回声
天色暗了，但活着的细节都在醒来

[语言的深处]

我在冬天推动一堵墙
欲离开语言的奥斯威辛
先于诗之前，已有小花爬过铁丝网
进入春天

对于过分依赖几何图形的活法
我举起手，表示不赞同
要给铁丝网一个豁口
并从那里，进入语言的深处

[诗歌空间站]

技术封锁后，我打开门
让外面的光，涌进来

在文学发射场
发射核心舱、实验舱、光学舱……
让一首诗的结构，骨架结实

穿上诗的航天服，出舱巡天
借助机械臂，移动
自浩瀚星空，接收亿万种指引

今天，或许还有一首诗能成为新闻
当它引起争议，并再次飞起的时候

在诗歌空间站瞭望、遥想
如果外星人也想写诗——
他们首先动用哪种修辞?
最先谈到翻译还是毁灭?
哪颗星球能成为一首诗必要意象?

宇宙正陆续交给我们诗的盲盒
我在母语的空间里，接收遥远的馈赠

[以雪的典故作为一幅画的开场白]

守在程门外，给立雪者画速写
落在大地和落在身上的是两场雪
一场尚处安眠，一场仍为静候
待程公推门，定有一尊雪立于门前
大雪总是来得悄然，一觉未知窗寒
但每场雪的开篇，都有暖意

躺在晋时院落，给映雪者画速写
一场雪躺在另一场上面，映亮今夜篇什
用一个典故借走一场雪的白
在书中融化、分散，让千秋雪变得具体
与映雪者像两个词，或久不碰面
或此刻挨在一处，像一句诗傍着另一句

坐在大雪里，给独钓者画速写
扫雪人不会来，恰好用一江白衣
拢住两个不起眼的标点
想说什么，止于启齿
柳公的船与江，一竿钓不起两个词
一首诗的完成尚需耐心，以期好句咬钩

煮沙（组诗）

◎何永飞

【作者简介】何永飞，白族，生于1982年，云南大理人。中国作家协会会员，鲁迅文学院新时代诗歌高研班学员。出版有诗文集《穿过一小块人间》《茶马古道记》《面朝雪山》《神性滇西》《风过指尖》等十多部。曾参加第八次全国青创会。曾获第八届云南省文学艺术创作奖（文学奖）、第二十五届全国鲁藜诗歌奖、第十一届全国少数民族文学创作骏马奖等。

[解说]

博物馆里，陈列着陶器、兵器、乐器
陈列着皇冠、盔甲、砚台、竹篮
陈列着贝叶经、作战图、仕女画像
陈列着牛头、羊皮、人骨、神迹
陈列着隐形的血和泪，无声的哭和笑
陈列着有根或无根的是非和功过
讲解员用巧舌，拨开浓雾
捋直弯曲的岁月、场景、往事
她似乎无所不知，似乎就是亲历者
她还会穿插一些诙谐的话语
剪去悲伤的结尾，抽掉玄学的成分
观者提出疑问，她也对答如流
只是她不知道，她解说词的四壁上
有几道缝隙，凉风不停地吹进来
她也没发现，博物馆外，云朵在碎裂
万物在更换位置，很多主角在后退
世界的真面貌，依然模糊不清

[煮 沙]

肯定要被贴上傻子的标签
这样的举动，实在有悖常理
实在难以用现有的思维和智慧去测量
聪明的火和水，都不会为此浪费激情

世间还真有人甘愿做傻子
头顶利剑，逆行，不计后果
在被遗忘的角落，找到愚钝的火和水
以大地为锅，以天空为盖，煮干净之沙

锋利的偏见，攻不破傻子的决心
沙子越煮越轻，时光也是
该老去的已老去，该死去的已死去
只留下一层金黄色，似乎有所证明

[暂且不言]

石头流泪，讲述了一段辛酸史
落叶鸣冤，要起诉大地薄情
大象走近蝴蝶，被认定结党营私
冰指责火，火诋毁冰
冰与火又合谋围攻那片花草
断墙盗卖红杏的私情，红杏在辩解
塔下之蛇，难断在修行，还是制毒
影子觉得肉身配不上灵魂
对同一件事，同一个人
有的用力歌颂，有的凶恶批判
有的歌颂和批判轮番上阵
而我，都暂且不言
因为真相往往隐藏在不见或无声处

[同 体]

农妇消瘦的肉身，有些忙碌
背柴、耕地、挑水、喂猪、生娃、送终
披风、沐雨、饮泪、夜行、度日、从命
在家里家外料理琐事，高远的志向
只剩下残缺的薄翅，而谁也没有想到
这具肉身里还住着天上的一位神灵
当农妇劳累过度，退到边上休息
他就以凡人的身份登场，还是有些忙碌
除疾、拔苦、解恨、劝化、赐福、驱魔
引路、念咒、洗骨、补心、安魂、超脱
在凡间履行神职，语言极为朴素
而不失温暖，所为都不留痕迹
只见可怜的无助者，不断冲破劫难和迷局
只见生死不再硬碰硬，不再冷脸对冷脸

[隐 者]

与过长的舌头隔绝
耳朵只装得下纯净的鸟鸣和风声
不能太重，最好不到半斤
身子可置于云端，也可置入泥土
心底种着日月，万物光芒四射
走出时间的侧门，生死都没有痕迹

神秘的友谊（组诗）

◎梁亚军

【作者简介】梁亚军，80后，陕西岐山人。作品发表于《诗刊》《星星》《北京文学》《草堂》《延河》《散文诗》等；著有诗集一部。

[鸟鸣赋]

有时，时断时续的鸟鸣破窗而来
听见但并不需要说出，只是体验着，感受着
一种欲辩而忘言的混沌与澄明
打破形骸的界限，渗透进我们的灵魂。

听见，有时又必须说出，当滚烫的词语
从喉咙里涌出，时断时续的鸟鸣
也在我们的语言中寻找着对应的出口
世界被看见，但只有在语言中才能说出它的意义。

当六岁的女儿张开双臂，想象着那就是一对翅膀
想象着这其中的自由和快乐
万物欢欣，黎明的天空像一个空虚的怀抱
一颗童真的心在其中穿梭无碍。

有时，看不见的鸟儿
我怀疑已经长成了树叶的形状。
树荫里鸟鸣就是自然中的原音，重复着，
　永恒如一
携带着虚无的能量和一个生命活生生的气息。

有时，我们认为鸟鸣声就是喜悦的
像一种情绪被释放出来。生命就是
这真实的情绪和能量，在每一个早晨更新
也将像点滴而执着的鸟鸣被一点点交付出去。

[神秘的友谊]

以为是熟悉的，陌生的感觉还是扑面而来
一棵树就是它外在的形象，占据着
一个固定的位置，和我们亲密又疏离
参与我们的生活，又不仅仅只为我们而存在。
在冬天，冷而硬的枝干就像中国画中的枯笔
苍劲而沉寂。比我们更需要春风的抚摸
热烈的内心被外表的平静覆盖
比我们更需要土壤的营养，泥土下的根茎
超出想象，如同茂盛的枝叶在黑暗中的倒影。
发芽、开花或者开花、发芽，长出浓密的叶子
黑色的枝条，一根根像多汁的肉体
结实的感觉传递到抓握的手上，汁液奔流
就像血液，把能量输送到最遥远的神经末梢
没有观念思想，只有肉体一样的天真。
八岁的女儿作文中写到一棵会说话的树
童稚的语言，趋于善，保持着纯粹
简化着我们自己，简化着我们和世界的关系。
和一棵树达成神秘的友谊，一种无用的快乐
和谐的平等，只为把我们的爱扩散出去
就像阳光雨露那样天然，出自本性。

[父亲的照片]

春去秋来，年复一年
时间的外表，越来越粗糙、浑浊
只有燃烧的记忆趋于纯粹。
我知道你就在那儿，像草木枯荣
在即将离去之际又悄然归来
一无所是又成为所有，无形而有质。
你永远都在死亡中重新诞生
生命像呼吸般单纯，慢慢回到你身上
赋予你父亲的身份。
所有的现实都在这里反转
流动的感情，也在这里凝结。
当摄影师在镜头前，眯起一只眼睛
这一刻转瞬即逝，又被真实的影像记录
在方寸之间，一张无声的默片
一个缩小的平面，溢出了生命的气息
被记忆激活，可以被反复观看
如同不会变化的物质，被恒久的光照耀
在感情上形成亲密，在心灵上删减了距离
影像静止，时间在两个方向上流动
把亲爱的父亲和他自己分开。

[失眠者说]

她清醒地意识到黑暗，也意识到
渴望睡眠的意愿。清醒的感觉

把她和睡眠分开，极权般的清醒后面
是睡眠的后花园。一种疲倦的清醒
怠惰的兴奋。扑面而来的黑夜，
有着失重的轻盈。她的脑子里亮着一盏灯
无法熄灭，就像她的身体里
有一个秘密的发电站。
血液在身体里奔流如同电流，
她醒在意识那一片燃亮的灯光中。
凌晨之后，独享着时间的茂盛和荒凉。
有时候，就是一个雨夜，无边的细雨耳语般滴落。
雨水冰凉的手指，敲打着万物
不断地按响一个个低音，失眠者寄身在
修辞一样荡漾的涟漪里，辗转反侧。
像一个单音，像一个病理的切片。
她的呈现一如孤独，她的抒情一如隐私。
失眠是一个人的独角戏，黑暗隔开了私密的空间。
直到黎明的晨光从窗口涌进来，
和她无痕对接。

[见字如面]

见字如面，在手机屏幕上闪耀的是无声的言辞
真实的人，是虚幻的影子，只用来观看和凝视。
相互抗拒又吸引，言之凿凿以被感知的方式存在着
有一个真空在我们之间，只有往来的目光穿梭无碍。
一颗自我抑制的心，封存于自身
一个个念头翻涌，但取消了行动
时间静止或者流逝，经由身体的爱渗透进灵魂。
一个人感到的是孤单，两个人感到的就是亲密
两个碎片一样的词语，在完整的句子中结合在一起。

万物来不及深刻（组诗）

◎吴燕青

【作者简介】吴燕青，女，生于1984年，作品发表于《诗刊》《草堂》《香港文学》《星星》《作品》等。

[梅花开过了]

还有一些水盛放在花中
梅花已开过在凤凰山下
你取走其中一朵的香
天是蓝的半个月亮洁白
你说起往事旧茶馆人去楼空
相思树粗大的枝干
一边长满深绿的叶
一边已经枯萎指向天空
回不到从前了
那时你步履轻盈
腰身纤细眼里有星辰的光
只是在树下站立了一会儿
山顶就被云雾笼罩
只是在梅树下闻了闻花香
你就从少女走向了母亲

[当海安静的时候]

其实是你想要安静
夜已过半未有星辰
寒冷的气流停在睫毛上

想在寂静中独自坐一会儿
你已置身寂静之中

去年买的兰花
在窗台梳理第七片绿叶
洗手台上的蜡梅
开尽香气但尚未枯萎
或者说枯萎已在发生

想起远方的人
海稀释一部分蓝
海渐渐静下来
现在，只剩下你
独自在路上

有着不可归去的遥远
携带碎不成形的思念

[细小的蓝]

她给予我细小的蓝
像是给予一粒蓝色的天
抑或是蓝色的深海
起着微细的波纹
最后她希望一切落入
深度的无声世界
白天里车流不息的马路
繁杂喧哗的闹市
二十四小时运作的电表房
污水管道的流水
会暂时切断三维空间
她说这粒蓝
可以让
脑电波的活跃度
直线下降
直到世界在记忆中静止
她还说蓝
能回到祖先们钻木起火的夜晚
那时的夜繁星明亮
微微抬头就有
漫天星辰对你闪烁

[万物来不及深刻]

睡眠是浅的
一阵雨声就惊醒了梦
阅读是浅的
在一首诗的前奏停下
书写是浅的
伟大的篇章还未开头
（永远没有开头）
打开的花朵是浅的
只吐出薄薄的香
月亮是浅的
苍白的光穿不透云层
认识你是浅的
一个微凉的背影
消失的事物是浅的
来不及认识来不及回忆
人间是浅的
激起的浪花盖住明天
你尝试飞翔游泳奔跑跳跃
然后
跌落也是浅的
肤体的疼痛记忆短暂
欢愉也是浅的
像湖水的咸度一样淡
我有浅浅的悲伤
来不及深刻
在这浩瀚的世界
万物都来不及深刻

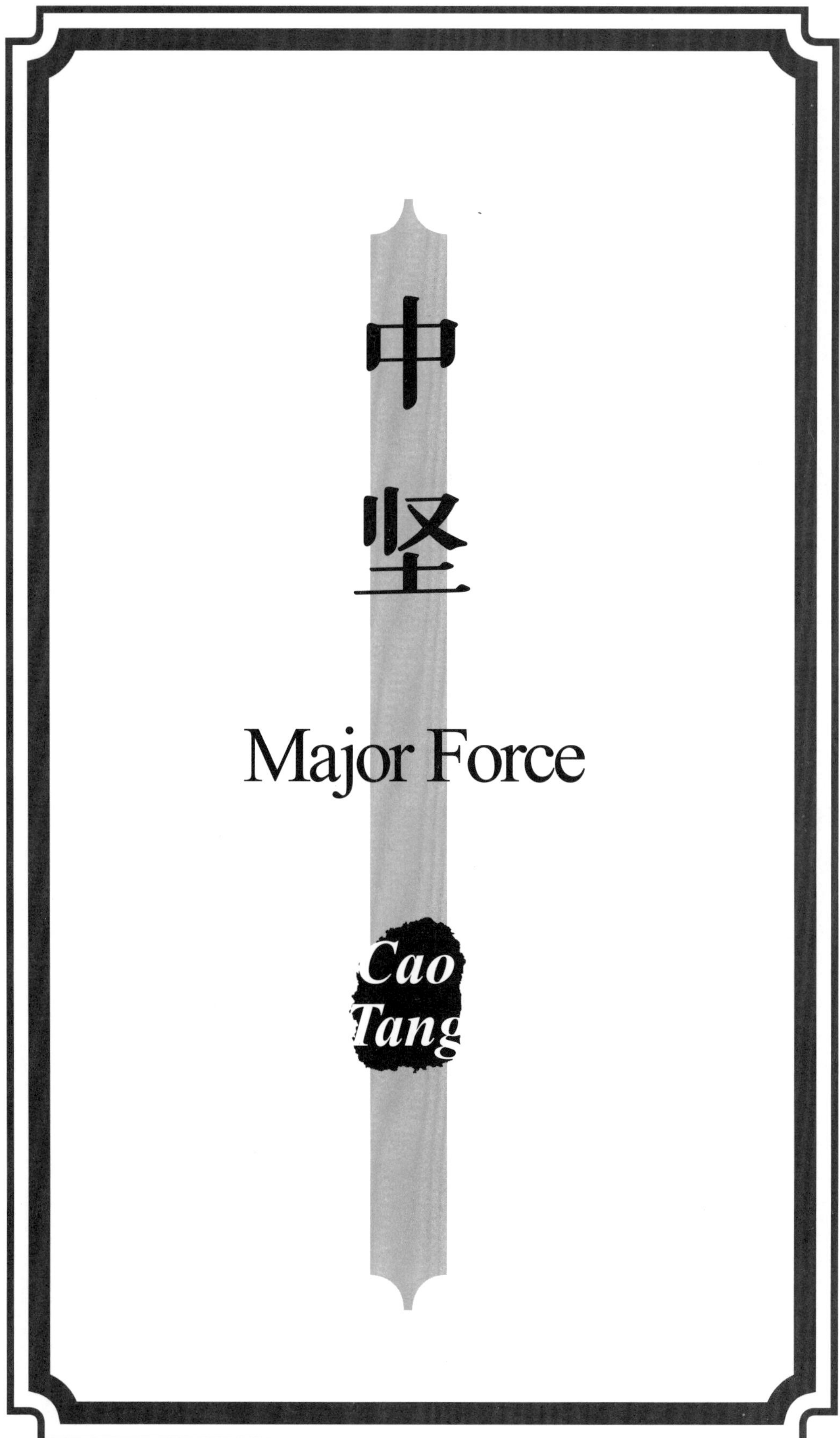

中坚

Major Force

Cao Tang

我的诗也会变得年轻（组诗）

◎张曙光

[溯 流]

溯流而上。与水和干旱无关。
置身于时间的荒漠，梦的呓语
是干燥的辅音。是舌头在牙齿间发出的声音。
是书本在手指间急速翻过的声音。
白昼的光线僵硬如雪。它垂直降落
渴望着比停机坪更大的空间。
秋天的第一滴雨，不经意地下在谷底
溅不起些许尘土。远处，海被盐水消过了毒。
历史渗入岩石。落日在一只土拨鼠的眼中黯淡。
与错误同行。我们努力活着。我们无法做得更好。
历史随着木楼梯旋转，并不断变换场景
使之更加适于我们的意图。
它在制造噪音。为了证明自己的存在。
在我看来，这也许是唯一正确的事。
真的是这样？我不知道。

[在快餐店里度过的中午]

现在是 12: 45，北京时间。我在一家
快餐店里喝一杯咖啡。窗外是临时停车场
一些行人从车辆中间穿过。邻桌的几个半大
　小子
在玩手机，闲聊，不时发出咯咯的傻笑。
而街道两旁的树木静止不动，仿佛
印在明信片上的风景。我在等待着什么?
祈祷会有奇迹发生。我坐在这里很久了
似乎有一个世纪那么久。也许
时间停摆了。我更希望它能够回流
这样我会见到当年的亲人和朋友，同他们
心无芥蒂地交谈，或喝上几杯啤酒。
我会让一切重新开始，避开我因愚蠢
而犯下的错误。我的诗也会变得年轻
充满希望，而不再是迟疑和忧伤。

[“有人向天空扔着石头”]

“有人向天空扔着石头。”
我们经常会忽略
白昼和夜晚交替的晦暗仪式。
真理即权力，有着梨子的形状。
当夜晚的暴风雨沉入沙子
纸牌屋中将听不到任何喧嚣。
大剧院的排演终于结束了。
小丑们骑在气球上
冲向穹顶。手中最后的底牌
只是黑色的小 3，不是红桃王后。
云飘浮在天花板上。
总是与虚拟的事物相关。
月亮是一张人脸。
看上去古怪而悲哀。

[扎加耶夫斯基]

听到你的死讯我并不感到震惊。
在不久前我正在读你的诗
并且随手译了几首。
我感觉我们很熟了，尽管你的
外貌、声音和习惯都是那么陌生。
岂止是陌生，我甚至一无所知。
包括你的妻子、朋友和嗜好。
但死亡撤销了这一切，只剩下
你的诗，它们仍顽强地活着
并试图延续你的生命。
是的，对于你的死我并不感到震惊
也同样没有任何遗憾和悲伤。
消失的是你在尘世（这虚拟的小世界）的存在
你的呼吸、病痛、习惯和坏脾气
（后者或者只是出于我的想象）
作为诗人，你有权对世界表示
你的不满和愤怒。但这些也许出于爱
和珍惜。现在你幸运地抛开了这些
而成为你的诗。它们因此而熠熠闪亮。

[一幅画或我的童年]

谁能告诉我发生了什么?
但似乎什么都没有发生。

一道光在地板上流淌。杯子
和果盘隐匿在阴影中，连同罐头瓶里
枯干了的雏菊（像遗弃在教养院的孩子）。
架子上的书识趣地默立着
仿佛是在宣称放弃说话的权利。
床单满是褶皱。半开的窗子
把我的视线引向外面的天空。
更远处是一片草场，有着零星的
野花和半枯黄的草。那里
我追逐着蝴蝶，或抓着蝈蝈。
我跑得足够远，甚至身后会传来
带着炊烟味道的妈妈或是姥姥
喊我回家吃饭的声音。我经常在想
如果一直跑下去，我能否会挣脱时间
看到远方的大海，像安托万一样?
事实上，它仍激荡在我的体内，骚扰着我。
那里是否有塞壬，和她们美丽的歌声?
现在我从那幅画上移开我的目光
然后泪水模糊了我的眼睛。

[风 景]

你高高的白杨树
在大地上投下死亡的影子。
在你的身旁，运送木材的车辆驶过，放学的孩子走过
以及老人，和穿着T恤、运动鞋的男女。
这里是世界的中心，一切
都在围绕着针尖旋转。
在不远处的球场，一场比赛正在
激烈进行，没有人预见最后的结局。

论诗（系列节选）

◎沈苇

[论诗（具体）]

思辨必须像一道闪电
而我，每天空有七万个闪念
如今我不再像闪电般奔跑
在行走中反复练习后撤
倾心于视阈里迷人的具体而微
有时蹲下身，看蚂蚁们搬家
有时看屎壳郎推动它庞然的粪球……

[论诗（风景诗）]

风景诗如有足够耐心
将从物象变成册页
汲取山水的寂然
拯救蝴蝶和花卉的短暂
光与影趋于音乐的抽象性
静止、移动或逃逸的主体
在风景话语中忽明忽暗

[论诗（现代性）]

家乡河道里废弃的水泥船
我盯着它们看。水泥在水里腐烂
保有耐心的传统风景：摇橹木船
欸乃欸乃远去，消失了
忽想起波德莱尔巴黎的忧郁
波希米亚游荡者，城市幽灵……
浪漫派宣布金盆洗手
我盯着河道里废弃的水泥船
久久观看，一往情深
像是看到了现代性的某个开端

[论诗（无意）]

修路基的人无意中创造了艺术
在挖掘机、电钻轰鸣中
在挖出的湿泥和地下管线旁
一小块草坪静静躺在晨光里
那么孤独，那么柔软
像一个熟知疼痛
又与世无争的补丁

[论诗（虚构）]

斯蒂文斯虚构一只田纳西的坛子
坛子在山上，四周的荒野向它涌来
好像它统领了四面八方……
三十年前，在巴音郭楞的开都河畔
我像熊谷守一※那样观察一只蚂蚁
与它共度一个初夏阳光下的午后
三十年后，当我试图虚构它、追忆它
四周的风景——我全部的虚构素材
已分崩、离析、四散……
如同，“他的弹奏涣散了……”

※：熊谷守一（1880—1977），日本当代画家，西洋画代表人物。其人生的最后二三十年在千早町的一处宅院度过，足不出户，过着与世隔绝的生活，被誉为日本“最早的宅男”和“蛰居族画家”。

[论诗（基石）]

我们为大山开膛破肚寻找基石
我们用吃力的船舶和笨重的卡车
运来了基石。为了基石更加牢固
我们又为它注入水泥和祈祷
“恰是建设者丢弃的石头成了基石。”

[论诗（平衡术）]

孩子们热衷跷跷板的平衡术
而今天，端平一碗水、一条河
远远不够，更紧要的是：
如何端平荒野、废墟和流沙
在四面八方的剧烈坍塌和对撞中
又如何端平我们自己？

[论诗（《古诗十九首》）]

“出郭门直视，但见丘与坟。”
在坟丘下，叹性命短暂、人生无常
伤悲，慷慨多气，对酒当歌
在怀疑论的普遍笼罩下
寻找虚无中星星点点的光
夜，一再重临。于是——
“昼短苦夜长，何不秉烛游。”

[论诗（诗与粮）]

粮仓很老了，头上长满草和树
青年创意团队，在它们肚子里
塞进几首诗，一些词与旧物
看上去，粗暴的诗驱逐了缺席的粮
粮仓慢慢暗下来，几首孤单之诗
坐落在异度空间的洪荒和饥饿里

[论诗（窃取）]

互嵌的：植物性，动物性……
我们以此区分世界、人群和男女
召唤言词，解构语法，平衡大地
像海底的章鱼、缠绕的热带景物
窃取彼此多汁的深情
和沉浸其中的孤寂

[论诗（时间）]

读，写，专注于手艺
凝望，静思，出神……
使时间成为一个“不在场者”
流逝的焦虑也在撤离
齐奥朗声称要“杀死时间”
将时间纳入另一个框
使它不再握有“存在”的特权

[论诗（止语）]

宇宙的静默我们从未参透
因为慌张，我们投身嘈杂和浪迹
投身一个个无法截图、存念的瞬间
诗的言说只是一个表象
止语，才是诗的真谛与终极
复归于宇宙母腹之静默

[论诗（读）]

读死人的书多于活人的书
读庄子的逍遥之书
读浮士德的行动之书
读九岁的贝雅特丽齐之书
读天地和旅途之书
读敦煌之书
读六分之一国土之书
读带你不断去向远方的
绿皮火车之书……

[论诗（美人）]

种山胡椒又名木姜子
种普遍的香草和孤独的美人
把美人种在悬崖上——
作为屈原赠予我们的意象
美人躺平在三峡悬棺
虚幻如云、似雾
一个长梦里沉睡千年

[论诗（取材）]

有些诗作取材于隐痛
写给内心的敬虔和讳忌
它是犹疑、慎重、惜字
是欲哭无泪、秘不示人。

春水生（组诗）

◎古马

[烟花赋]

无数烟花绽放在除夕的夜空
大地上居留的人们
欢娱何其短暂
月在月宫失眠，山在山外默然
水上孤舟
一只酒杯和沧浪推杯换盏
假若停止划动，黑木耳就会
迫不及待地从水藻缠绕的桨上悄悄生长
催情春风，何以自古无情

[冬去春来]

在梦中我不时有一种找不到鞋子的焦虑
杂乱的鞋子新旧都不是我可意和穿过的
一场雪停在空中，一个人在原地打转
痛苦变成青石的门槛

绿水舒张的波纹已经试着柳条儿的柔情了
可我听不见桃花的芽苞在更远的野外叫喊
可我需要学会理解
白蛇早已从美好的传说中飞离
在闪电之夜缓缓蜕去蟒袍衮服
在青草雨水中再次获得新生

冬去春来，世事如此

[春雪之俳句]

一

晨闻铲雪声
恐惧的阴影似从骨头上铲尽
骨髓流淌始如《春之声圆舞曲》

二

鱼过汤山盛宴
鱼刺如图穷之匕首
空挑残灯

三

鸟轻只身飞
寺古雪意厚
煮茶自斟乃如心底种松

四

何人探取爱的天机
借老梅新枝戳破雪月
如捅破一层窗纸

五

泥浆在道路上翻涌
手推婴儿车招摇过市
正如远郊白雪覆盖的冬小麦日益茁壮

[铃 兰]

白色的铃兰
捧在一只梦幻的手里

我想看清楚那个梦幻
她的眉毛
她的胳膊上的痘痕
她小心翼翼穿过黑暗时
裙裾下摆忽闪的一颗星

白色的铃兰
给夜半带来清香
露滴叮咚的私语

我的心
一个畜养清水的净瓶
开始漾动

她浅浅的笑
似乎改变了我生活的音色

白色的铃兰
捧在一个梦幻的怀里
如新娘
款款穿过我眉心的拱门
一步步走向别处

背弃的日子
白色的翅膀
浮现于我的归途
——她来时的路上

[雕像之歌]

为失去的美
建造一座雕像
在水上

用青铜
星辰
发芽的文字

她胸中
容有万籁的音箱
因此只能用沉默
仿造她的花腔

众神走失的岁月
她仍在水上
眺望

闪电之舟
载着我
临近她脚下

双手合十
仰起敬慕的脸
接受雨水
和她目光洗浴

青草的气息
上下弥漫
肉体无边

[草原，一个场景]

公路穿过
草原如向南北打开的书页

云很白
浮现于景泰蓝的天空

一户牧人家
庄前屋后，晾晒着割下的青草

成堆成堆的阳光
善良的姊妹是远处的山峦

溪流淙淙
百灵鸟细碎的歌声来自哪里

流水中的细草和青白的石子
会认识我们的面影吗

多年前的一个早晨
我路过玛曲草原时不由得想起了她

我们永远都没有可能到此居住
晾晒青草，晾晒奶皮

遗憾用文字把我们的灵与肉统一
留在公路分割的草原，留在诗里

[为春分所作的短歌]

在梦与醒的界线
一株白山桃
越过铁矛的栅栏
呈现她柔美的裸体：爱的机遇总是不早不晚
恰到好处

我在她以雨水和月华洗涤过的嫩蕊里
私藏星星的黄金

良宵不再
流水只顾，走私燕子的唱片
春在玉堂，春漫绿野

[春水生]

一

一幢建筑仿佛即将发射的运载火箭刺入青天
它朝阳的窗户组成的巨大的玻璃幕墙
将金色桥板平铺在清晨的河面，以接回那些
在梦中落水的人，都已失去了眼睛和嘴巴

二

在河道分洪的闸门顶部
鸽子每日的晨祷，都有阳光加入
流水回湾处，鸳鸯相亲，柳丝钓波如勾魂
这一切都让我心明眼亮，再无人事到心头

三

河水向东，从白塔前流过
无心记得檐马叮咛摇醉昨夜星辰
苜蓿绿得水淌哩，梨花一树白无主?
问谁？生生，把蝴蝶的翅膀粘住

四

公园里，扎作花灯的小鹿
站在榆叶梅盛开的草坪等待天黑和它的喜筵
电流是血液，会把最美的花瓣带到它身上
星辰间漫步，独自觅食天上的嫩蕨和黑亮
　的水分

五

雪松。黑鹂。音乐厅。
河上鸥鹭让我意外发现，两张音乐会门票
夹在读旧了的诗集里面，过去的时间地点
以及唱彻阳关的歌声一起来到，春水上岸

武侯祠记（组诗）

◎彭志强

[唐 碑]

上面那层灰，似绢，也如宣纸
太薄，雾一转身就打湿了它

看上去很随和的风
也就一夜之间，便成了泄密者

不断接近地面的树枝
不知雨的深浅，却懂

落红，落下的寂寞
再也烹煮不出柳公绰的字

刻工鲁建见路不平，一声喊
——刀下留字

更胜刀下留人，
那类豪情满怀。

这种把时间拉长的长调，性情
是裴度写给诸葛亮的碑文

看似陈词，实则正顺碑愿
千万块石头失败于争宠。

此刻，碑亭瓦檐漏下三滴雨：
一滴掺了水，成了酒；

一滴是杜甫吟诵《蜀相》的泪；
还有我这一滴尚未成熟的念想。

[二 门]

记忆毁于明朝。又清晰定格在清朝
硬朗的硬山式建筑里

吴英的字，刘咸荥的联，因为还暖
成为通往刘备殿的不二法门

春风返回宣纸，或者木刻
密集的古柏比后来的灯笼值得信任

尽管灯笼更懂得留白，更容易发现
死去的蟋蟀在鸣叫声中复活

更多的背影被夜风攥紧
才明白古柏的绿有深意

比如做旧的船近年重蹈锦江、府河
声声慢，且轻；步步快，也轻

不是后浪推前浪，而是前浪推后浪
像鱼排出污垢，呼喊水最初的名字

[攻心联]

这对联，也是雨。
一九〇二年的雨。

因为急，满城银杏树坐立不安
因为密，风成了无处落脚的浪子

仿佛天空在流血，
而民心仍然干旱。

枪声迅速包围了这个城市，
四川总督府的门夜夜难眠。

茶马古道，茶商只销售汗水和战马。
枯死的茶叶盖不住蚂蚁遍地的尸体。

野草逃出城墙，摁不住
流云和悲伤，一泻万里。

四川总督岑春煊的奏折
血迹斑斑，难辨温火急火。

慈禧忙着找外国人画肖像，
没人在意大清无药可救。

满朝文武在刀尖上上朝
还未下朝，气数已尽。

丞相祠前，道士开门，
迎客松一样战战兢兢迎客。

一杯茶：堵人、攻心、审势，
最后倒掉四川盐茶道赵藩的郁闷。

那根摇摆千年的长辫子
断了，整个朝廷的心跳

剪断它的不是剪刀，而是赵藩
写给岑春煊的《攻心联》。

——我眼中的墓志铭
如今被秋风反复诵读：

“能攻心则反侧自消从古知兵非好战，
不审势即宽严皆误后来治蜀要深思。”

这三十个字，装进诸葛亮的连射弩
谁来都是，万箭穿心。

[和畅园]

山石兀立，像悬腕的毛笔。
锦鲤腾挪，如飞舞的线条。

一座拱桥在和畅园重构王羲之的微醺
以字为马，驰骋纸上旷野的酣畅

从拱桥迂回到廊房这一带
属于东晋的地盘，书法说了算

沉淀在竹叶上的雨把自己发明
为绿雨。书法的家，便叫绿雨轩了

我惊讶于拱桥下的溪水，叮咚
唱的还是三国的折子戏

这水，与汉昭烈庙吹来的风几乎
是同一个鼻孔出气。呼应鸣翠楼

和停在鸣翠楼上的鸟
给武侯祠的天空留白

我和沉默，都站在拱桥上，不敢妄动
我怕这桥圆融的三个时空，说散就散

[锦 里]

要像蜜蜂一样忘掉季节。
就去锦里。

它是我们血液里的所有记忆，
重构的锦官城。

灯笼，比罗贯中会抒情。
街道，比陈寿略瘦。

江湖，就在煮酒坊晃动。
三国人物终被酒杯灌醉，显胖。

煮熟的牛肉叫张飞牛肉。
喝醉的夜色带着粗嗓音。

街口真有再就业的张飞，
黑着脸卖肉却也暖如故人。

开始会误以为时间变快，
步入中年，便是晚年。

陪着灯光走到照壁尽头，
竟然是戴着面具的少年

英雄。被锦江送走的人，
又回到戏台唱流水。

唱完三国最后一首古曲，
便是阿斗井——

让无数流星栽跟头的井。
当黑夜被它一次次磨亮，

我再不怀疑锦里是流星，
或者磨刀石边的流星雨。

因为它属于诸葛亮这盏
明月，最亮的一部分。

[《出师表》]

信念撑满了墙壁上的字。
故事里的人和武器一样，依旧凶险。

龙飞蛇舞的线条深处，处处是沟壑
如同阅尽世事的老脸，皱眉便纵横。

我用轰轰烈烈的蝉鸣形容岳飞的书法，
诸葛亮的文章，以及宣纸信赖的人生。

是因我学过这样的汉隶，与南宋书风
且在纸上疾走过多年，还是模仿不像

他们滚烫的热泪，
在秋叶落尽之后仍然无处可落的凄切。

即使骤雨初歇，天空和内心皆已发蓝
雨的回声，还是寒蝉。

像报纸上出征的铅字，早上是夏天
刚刚接近黄昏，回家就是大雪纷飞。

雾气太大，诗歌如何出征?
梅花的性子急，就要撑破骨朵……

哪有那么多明月可以急用?
干完半斤白酒再说，向东或者向西。

大雅堂
Selected Poetry
Cao Tang

夕阳浸染（三首）

一度

[从未发生的对话]

其实有些话想丢在父亲坟头
像晚风里甩出去的鞭炮
我多想成为他的兄弟
拍着他的肩膀，来
再喝一碗。作为生者的塌陷
比死者，更肉眼可见
我们就躺在门前草堆上
牛羊吃着过冬的干草
河流安静得像我们度过很少的每一天

[夕阳浸染]

像知了一样烦躁。桑树红了一半
还有一半，是山腰的野柿子
滴着黄昏的血
母亲在树下，把咳出来的血
再咽回去
到处是一人高的柴火
栗子树高过屋顶
樵夫和牧童呢？他们像蒸发的两个词

[风过无痕]

我用力咬住另一侧牙齿
它是黑夜反射的白
疼痛感加剧，掩面的小女孩
躲在墙角，只不过
她是些散碎的面包屑
寒碜透了。隔着衣服
我逐渐忘记自己，一些城市
的名字却亮了起来
该死的记忆。瘸腿的老人
他踩我的影子
我能看到他脚底分岔的小径

叙 述（三首）

王杰平

[叙 述]

没有天空
我长出翅膀又有何用

我想叙述
没有倾听

赞歌是一味药引
一起唱颂的还有艾叶　菖蒲　众神和鹰
以及每一只面罩外的
毒

时间是最好的医者
很不幸　时间之内我们都是病人
每一秒的救治都关乎山河　大地　种族

“我南方的甘蔗林啊　北方的青纱帐”
塞伦盖蒂大草原　阿尔卑斯山脉古老的牧道

关上门
半透着窗
发呆　牵挂　流泪　你的誓言是草
被一只鸟在中途接住
做了巢

渴望大雨滂沱
戴斗笠　着蓑衣　仍是江湖经典
尽管有些装
兄弟我一意孤行了　沿流水　往上

往上
一直往上
哈哈　我……长出了翅膀

[盲 道]

我发现自己站在盲道上
引导砖是条形的　笔直延长
像某种好看的路

索性闭上眼睛
用脚揣测着前行　左右晃动的手
像不像一次表决?

我原本有一双能睁开春天的眼睛
天空湛蓝
江河婉转
爱人美丽

或许正是这样
我乐意做一会儿盲人　我看不见时
道路还在
地球继续旋转

盲道亦有道
如同白天与夜晚
相对与绝对　批评与自我批评

我爱这个年代
因为可以看见

[再次说到夜]

很舒服
也有不堪
尤其是高跟鞋卡在井盖缝隙间的某个雨夜
她寻求帮助的声音
低于落叶

喜欢随风潜入的话题——
时间　黑洞　量子纠缠　轮回与涅槃

仅有这些还不够
识字的清风
文人的士气
以及很久没有写诗的对门老王

所有的夜
都有不舍

我不远离
夜就在这里：漆黑的　朦胧的　还不能说出口的

指望（三首）

梁鸿鹰

[老诗]

汉字错落为句子
被限制在书页之间
三个月过去
头发蓬松着
疏于打理
又像刚换牙
伶俐而刻薄
三年过去
她们缩了身形
伸腰踢腿
眉眼间沧桑小看
提醒纸外世界
水过咸
云正开放
俗世之万象
宜饭后慢慢欣赏

[指望]

总该有所指望
比如
读五六架子书
令文章锦绣
抵远方彼处
遇多年想见未见的人

直到“指望”被三五十年超过
没察觉
仍像陀螺般
接受无形抽打
不肯停歇片刻

指望能否不被指望
只坐看
用鸡毛掸子划船
与满屋西红柿睡一起
深夜爬上屋顶写诗
阴山东麓放鹿种草看葵花
布袋里编织幽梦

[苏珊·桑塔格]

自小酷爱写日记
至死百余个本子挤满烟尘
豆蔻年华便希望
国家对孕妇的关切不含偏见
诗准确，强烈，具体，深刻
音乐最抽象最完美最纯粹也最感性
人的差别取决于智力
沉思驱除惊恐
在贫瘠的关系中
早日摆脱罗网

年少时诊断自己
不是为了重生
哪怕罪殷红
书被人读
与日记本一样饱受珍爱
罗列琴声节律
肢解一树夏天
以无所不知
令一切重量获得信任
使普通花招
身心被拉紧
一意拒绝欺骗、平庸及显山露水

之后在文化竞技场上申辩

叹精神分析徒劳无功
将复杂欧洲加工为无数细腻光年
岁月离间淡定
同世界作战
也同内心抗争
拒绝不对自己真实
于是，组织乐章、痛苦和雄心
将身后的繁复抑或菁华
交与戴维·里夫※
再不惧被绊倒

※：戴维·里夫为桑塔格之子。

伤 口（三首）

安 谅

[桃花潭记]

三月初的桃花潭，桃花不艳
万家酒店是一个村，家家姓万
除了我，及两三友，不见外人

找汪伦一聊，可他没修书邀我
白天冒昧去了他的居处，他长眠
无名后辈，也不知他是否待见

三两杯小酒，自带的佳酿
也喝成了半仙
打嗝，有惊句从腹中泛起

半夜断电
想借天光涂鸦，附庸风雅
老天也不给面子，早撤下了星月

在湖畔，拖着自己的影子
嚼着唐诗的口香糖
风神神道道，夜黑得深深浅浅

误入桃花潭
李白上了汪伦的当
我们受了李白的骗，诗骗

李太白待了三个月
山头饮酒，月下作诗，潭口赏花
临别，又闻踏歌声，一绝唱

我们仅住了一晚
什么都没找到，受骗
心甘情愿

与桃花虽无缘，吹过了李白吹过的风
就不虚此行
不算冤

[伤 口]

对于伤口
我有特别的敬畏
形状不一，大小不等
都是神秘的生的图腾
皮开肉绽，鲜血淋漓

七窍，是天生的伤口
因为它们敏锐的感知
才有了五脏六腑
各自的觉悟

更有许多内伤，不为人所知
是生活赐予我的
天的门

[留 影]

许多人都笑我
爱与唐老鸭，肯德基老爷爷，雪容融
那些人造的塑像合影
我喜欢那凝固的微笑
多么可爱又多么恒久
而只为了留念的一刹那
人的笑，虚假做作，瞬时变化
甚至温柔一刀

[一段路总在翻修]

无中生有的挡板
挡得住君子
挡不住疑问觊觎

一段路总在翻修
就像总有人在反复抱怨
时间紧，任务重
水泥和石子马不停蹄

绕道，再绕
昼夜不息的声响
把看得见和看不见的目标生生逼远

丛林易迷失
世间路难走

细雨蒙蒙（外一首）

彭俐辉

细雨细，细到凋零深处
被风抽丝剥茧的身体
垂直不得

风是什么
是一睁开眼
就咬手的空气和水
它们紧逼，朝阙摇曳不止

焦虑，担忧
低微的呻吟交织成线
细雨瘦，人间愁

它突然打开了自己（组诗）

也牛

[空掉它]

地锄过了，好新鲜的泥土：
现在可以栽白菜、莴笋，种豇豆
扎一段篱笆了

在五祖寺农禅园的地角
不知什么时候

安放下这一眼石碓。昨夜下过一阵雨，
　碓窝已经灌满，今晨
再下，便一滴滴往外溢：

一个盲人
坐在隐痛里低哭

[此 刻]

月亮升起来
像野炊

我出门看天，第二次，形貌如初
"味道鲜美的爱情，最容易变质。"
我伸出一只手
屋面小青瓦，便悉数惊落：

瓦鸣是人间的空寂
触井栏而哗哗
月行中天。我们已经老去。片云不存，是虚空
又回了一次头

[下雪了]

多好的夜晚啊：流水安静
每一间屋子都暖融融的

"乌鸦的背影锈蚀了刀子风，雪花
给瓦背盖上厚厚的被子。"在一首诗歌里
我们读到
万物的慈悲之心

[它突然打开了自己]

那枚沉甸甸的松果
跳下老鹰岩，一声久违的寂静被钓起
干净
离尘

月亮有广阔的偏旁
风从空隙处生起，想吹就吹：

那棵冥想的松树
不再抱紧针叶和松香
突然打开了自己

天色暗淡的清晨（三首）

钟剑鸣

[大 海]

我们又谈起大海
大海是我们挥之不去的话题
我们更多的谈起靠近海的地方
烟台、青岛、大连、北海、三亚
毫无疑问，我们都看到过大海
也曾短暂居住于离海很近的地方
很奇怪，很多时候
就是在离大海很近的时候
我们都不谈论大海，谈论
海的峭崖，它的沙砾
它的泡沫和笼罩其上的乌云
我们的沉默更像海的水滴
一个紧挨着一个
仿佛我们的沉默也曾到过天涯
听过海角的琴声

[当我在天色暗淡的清晨]

当我在天色黯淡的清晨
无意中抬头，看见
那庞大的南迁的鸟群
我感到意外之余，也感到
这是我们命运的写照
鸟群在灰色天空的高处
缓缓地移动，听不到任何声音
但我想象得到，它们的翅膀
在一下一下沉重地扑打
它们像黑色
像黑色的弹丸穿过
我眼前的道路在天空中
扶老携幼奔赴在日渐临近的春日
这也是人类的冬日
有无尽的哀伤有英勇的奋争
和永不泯灭的希望

[电火花]

有时候
我闭上眼睛
那不被允许的物理反应
它所迸发的璀璨之美
和它随后带来的沉静的黑暗
一样，让人着迷

旁观自我及其他（三首）

李发模

[一群蔡家的麻雀]

麻雀飞到纸上，论地“方”
飞上天呢？说天“圆”

麻雀需要食，画家的心思撒谷粒
麻雀需要色，墨彩为之办婚礼
纸上麻雀多，似天地
借意趣休息
林竹与奇石，乃至兰草
都被他逗乐了

一只只蔡家的麻雀，飞向
寻常百姓家

[一种拆迁在我身上进行]

我知道
一种拆迁在我身上进行
我的阳间，已是危房
阴间那屋基，已等着安置移居
我说不忙，心脏搭过的桥，还可用
支架支撑的梦想，还等着
一百二十岁时遇桃花……

我在返季，品雪花成春花美味
还装醉
从皱纹里翻出春夏，暗自
还准备了秋香
身体与时间都已签字

这阳间多一个我，不会太挤
既然留下，先把阴间租给阎王爷
地府也忙，供阎王多休息一会儿
我还在梦里与庄周商量
我就睡家里客厅，不怕门外有鬼
倦了躺木沙发，饿了吃面条
好好活着，还可加日月两个鸡蛋

[告诫自己]

一

从望远镜和显微镜下
观看虚实

空旷与细节，恍若的烟波中
裁决难易的真假，就看
站在哪个方位，或是以什么样的体会

而意何所指

二

与之隔一座山，有路吗
与之隔一条河，有桥吗
与之隔一个人，路桥
在心上吗

一滴雨的天空，亿万水的湖泊
飞鸟和游鱼，人能够
乐善好“诗”吗？常常自问
也是告诫自己

我幻想过一万种离开的方式（三首）

孜格

[我幻想过一万种离开的方式]

明天或者意外
永远无法竞猜哪一个先来

幻想过一万种离开的方式
比如，一阵龙卷风，或者一颗小螺丝的松动
从飞机到达地平线
生命就定格了

从天而降的一块坠石
或者迎面的汽车相遇
如果场面还不够惨烈
一场山崩地裂，或者溺水

即使什么都不做
还有那无孔不入的空气
几个小小的病毒

或者有一天
世界一言不合
枪林弹雨抹去太多人的姓名

我只想成为花园中的那棵树
慢慢放弃最后一片黄叶
在时光的余额里
斤斤计较

[长尾巴的名字]

很多时候
别人的一笑一颦挂在眼帘
自己的名字被抽象

岁月让人健忘
还是大脑核桃开始缩小?

给通讯录每一个名字接了尾巴
局长经理甚至某某的朋友

名字越来越多，越拉越长
日子已经七零八落

[丁真的世界]

蓝天剥落的璞玉
在格聂湖溅起的一抹浪花
男孩丁真，被摄像机
拉出了藏地桃花源

丁真的世界很小
小得只剩下白马、白塔
寺庙与村庄
从来没有抚摸过轮滑
秀秀、香奈尔与普拉达

丁真的时光很慢
时针被冰川所羽化
牛、羊、人
在草地上与阳光同床
最快的节奏
雪山下与朋友们赛马

丁真的世界很大
大得没有边界
那匹小马蹄下的芳草
已是天涯

关于白（组诗）

张维

[白的钥匙]

困在这四面白色的墙里多少年了?
一只白鹭隐隐而来

也许白鹭
就是所有白的钥匙!

[杀 白]

四面白
我把面与面交错的黑
抽出来
四面的白就变成一张白

我把黑
放在心脏上烧制
铸成剑

剑变白刃
在现实与虚无之中
我研究如何精准、无畏、反复地
杀白

与在尚湖招鹭
养白
形成惊人的对置

[虚壁点睛]

四面白色的墙
五百瓦的白炽灯试图把我也抹成白色
我才发现我是有颜色的
花黑的胡须
蜡黄的皮肤
暗红的心

我的骨头呼应着
它先是疼痛
后是削瘦
最后带动肉体不停地抽搐

只有心和血坚持着
它要接通祖先的河流
然后接通地上的河流
与心和星
以及地下的水晶辉映

我终于锤炼成为一位画家
在四面留白的空间里
长成一棵气韵生动的树
并开出一朵月亮的花

之后一匹黑马从身后现身
骑上它
成为一位无画的画家
用白画白
用烝画有

"哇"

一口热血
心终于开出鲜花
白墙虚壁上一条龙点睛飞出

[九 白]

一片白色望我
二日白壁推开我
三日无风起白浪
五日白鸥上下翻飞

七日日月相互凝视
人有了眼睛

八日不平爱恨情仇
悲欢离合白刃红脸望月
众生有了血肉

九日归白寂静
一只海鸥穿过我
万物迎风起舞静静吹拂

如同水草（外一首）

王谨宇

稻谷收割过后，布谷鸟还未散去
在翻飞起落之间亮出的叫声
让田野更加杂乱、空旷
如同水草一样卑微

布满倦容的大地，终于告别留恋
脱去那层厚重的盔甲

又开始见证
一条河流的湍急、暴涨和干枯

暮晚来临时，村庄上空的炊烟
以及乡野树影，被夕光笼罩的灰土路
表现出与生俱来的祥和、肃静
仿佛众生遇见神灵

[仿 佛]

日后，我们一再说服自己
别回到过去
别钟情于春天的花草
从屋檐滑落的雨滴
风吹稻香的旷野

而多年后，我们却一再怀念
那年划过夜空的流星雨
山间鸟鸣
河面浮动的一片月色

仿佛一些事物只能在怀念中
得以重生或者厚葬

工业园区的晚晖

杜向阳

他们在大海边长大。
大海被一种铁罩住。
在一个工业园区——
它的胸膛对面
他们在大海之美中离开过。
大海被一滴水罩住。
这一日像一把烈火，
日落时候，就刚好被天空收藏起来。

这一滴水尚未失去它的示谕
它不止于使大地活着
使嘴巴饥渴
使伤口苏醒。它来自雪
来自天上之圣河
它来自海。大海之水，
当一支歌的思辨恒在
使盛临的一切复又来临。

蔚 蓝（外一首）

孙松铭

一滴水就是大海
海浪打上来
打湿时光，留下沙
我们时常不能把一滴水或一粒沙
从大海里分离出来
就像现在
我已不能把蔚蓝
从海天一色中分离开来一样

[亚洲湾一号公寓]

亚洲湾一号公寓是座岛
住着不同户籍的候鸟
消费这里的空气和海风，不缴税
整座岛像极了一艘侧身的船

船的波浪流线，恰证实了
台风光顾的频度
公寓到海边不过哼支小曲儿的路程
却被绿植装饰成幽长的曲径
椰子树拉高再拉低，它通身的疤痕
像贴着旧单据，那斑驳的语境
会让我一下子回到蹉跎在伤痛里的岁月
榕树庞大的根系
常常伸出我的想象之外
它要拽住我的人字拖
它想跟我聊聊脚下功夫和养生学
戴草帽的亭子掩着城里人的心事
也请走了一辈子路的人们歇歇脚……
幽径适合流连和漫游
海滩更适合漫步或驻足
让海水漫过脚踝，洇湿裤管，然后
澎湃于心。也看冲动的海浪
是如何一波一波冲上沙滩并退回去
退到海霞里的。这潮汐的涡轮
账目的粉碎机
海霞，我那粗犷的治沙模范岳父
却给他美丽的西域公主
取名海霞——蔚蓝的寄语
她喜欢大海，拥抱大海
裙裾飞扬成海浪的一部分
海鸥的发卡始终没能别住她奔跑的长发
有时她也会轻轻停下来
在潮汐的皱褶捡拾海螺和贝壳。那轻盈的样子
好像脚印稍重一些就会惊扰到海螺与贝壳的灵魂
而我似乎也因此获得了顿悟
埋头为一位莫逆之交的重症婚姻
开处方。我在手机里写道：
包容一片，要大海那样宽阔
珍惜若干，要被潮水淘洗过的那种
药引：退一步海阔天空
——沧海桑田，唯爱不可辜负

是的。她说
我们面朝大海，纵声呼喊：
——爱——
大海就是爱。她说她珍藏了贝壳和海螺
便拥有了星辰与大海。是的
她眼睛里常常递出海阔天空：珍惜着爱
也宽容了恨
就这样我们每次总能满载而归
满载而归的还有湿漉漉的裤管里的沙子
和盐，而裤腿上晶盐勾画的星图
早已布在了
夜空之上。顺着星图
我能找到故乡的方位，却不能指认出
我们捡到的宝贝究竟是浩瀚夜空遗落的
哪几颗星
视线里，亚洲湾一号
也镶嵌着星钻，它闪耀的轮廓
就像一艘驶向梦乡的船
涛声，也即摇曲
它趁着夜色
总能爬上我的窗台
我们在这里消费空气，也消费
夜的宁静。不去想
海浪的形态，也不去看
安神帖的脸色
如此——我们在摇曲里也是在摇篮里
入梦。再无失眠

离乡的人们（外一首）

张翔武

夏天傍晚，
对岸传来吹笛子的声音，
过了一会儿，
那人停了，跳进水里游泳
或者动身去了省城——
他从小向河流学会一去不回头。
也有人从外地回乡，
整个人完全变了模样，
他怎么会想到自己
只是在脚手架上多走了一步。
其他孩子也大了，
陆续带走自己那份生气，
他们家屋顶塌了，穿了个大洞，
屋后那排水杉树上，
喜鹊还在扩建它的宫殿，
树枝间那团黑乎乎的家伙
已经生成一个符号，
烙在不时回乡的人眼里。
哪些人混出了名堂，
人们早晚知道那些风光。
谁从此失了踪，
谁嫁错了谁娶错了，
谁遇到了车祸，
没人再提起他们，
那跟死了差不多。

[烟 花]

那天晚上，在女孩的出租房
我们决定吃完火锅去放烟花，
这样，大家也算过了个年。
七月里我大学毕业，工作
还没着落，哪有心思再回老家。
有人走了，无数白天接着离开，
夜色降临几乎清空的城市，
像阵风推门而入无人的会场。
走出城中村，我们看遍周围，
选中一家老电影院门口
那块空地。我们点燃了烟花，
那些呼啸着冲向天空的光亮
像刚得解放而喊着奔跑的面孔。
时至今日，我们四个人
其中两个先后离开昆明；
另一个我仅仅见过那一次，
她是我同学的网友，
像大多数网恋的结局，
他俩之间没什么可说的故事。
那些烟花陆续炸响，
我们都笑了，很大声，
没人预料甚至也不在意
下一刻自己会在哪里。
夜空中，烟花散尽，
几个人浮动的脸闪着光。

雪 落（外一首）

弓 车

不是天使从云朵里走出的脚步声，不是
不是李清照写完“如梦令”整理诗笺的声音
不是微风将露珠从草尖上推下的声音
也不是月光的声音，不是

是久旱逢甘霖的小麦灌浆的悸动?
是我热爱的玉米拔节的心率?

也不是

不是牵牛花私奔，在篱笆旁掉了一朵花蕾
一缕秋风捡起，系在他心头的声音
不是南山的投影跌落进一泓秋水的失足声
也不会是夏娃在我肋骨间
给我包扎伤口、止血的声音

不是，不是，都不是

只能是隔世的那个人
年年给我送来数不尽的翅膀，洁白，洁白
供我更换，在这尘埃遍地的世间

[有 意]

感到乌云有意降下一场大雨
感到这棵败柳有意接住所有的泪水

感到我少年时捡拾的麦穗有意在我昏花的
眼前金光闪耀，感到吹上我面颊的风
有意吐出菊花的舌头

感到大地有意沉默如斯，让庄稼来
对我说话
让泥土对我解释生与死

感到时间有意越走越快，它骑上了八匹
白马，而我把驿站修在了残唐的一首诗里

我有意不说出诗人的名讳
就像天空不说出星星有几颗、大地不说出
坟墓有几座

敦煌（外一首）

刚杰·索木东

在敦煌街头，等一盏灯
从市井的两端暖暖地亮起
等一盏灯，从佛殿中央
清冷地点亮。那么多的人
蜂拥而至，又四散离去

西域的夜突然就凉了下去
归去的脚步，开始踉跄
满地落叶只重复着两个字
不语……不语……

哦！在急促的人世
能够记起的过往是如此短暂
哦！在暇余的黄昏
能够逗留的时光是这般漫长

[莫高窟]

佛陀从残存的雕塑里来到俗世
菩萨、金刚和力士，也从褪色的壁画中
走向人间。白象、青鸟、翼马和九色鹿
相继离开自己的洞窟时
红尘中，就显得非常拥挤了

最终没能回到天庭的，据说只有青牛
“它留在人间是因为传错了上苍的话。”
“人类因为羸弱和懒惰，本来应该
每日洗三次脸，吃一顿饭。”
“可怜糊涂的老牛，却讹传成了
吃三顿饭，洗一次脸……”
“所以惩罚它永远分担农人的艰辛！”

我们远离土地又是什么时候呢?
二〇二〇年十月六日的午后
人声鼎沸的千佛洞第一百窟中
指给少年看的那一对抬杠耕牛
正在褪去，唐朝的色彩

苏公笔（外一首）

蓝月亮

满川潮生闪青辉
每日浊酒，清茶布衣
你身着长衫
就像黑暗中的一盏青灯
身后却留下了一串串清晰的脚迹
通往铜山书院的路径
赶考的山人或书童
穿过狭窄的山路
由北向南，走过状元桥
耳边仿佛还响起铜矿的粉碎声
故人旧词，隔着江南
后来有谁会提及

我在《苏子美文集》里
找到了你初晴的沧浪亭
方才读懂秉直冲天的苏公笔
“源于古，致于用”
你挥笔写下的那些公理
也能感觉到追梦的鼻息
那些沉下去的经年并没有腐朽
大风刮落秋天的黄叶
片片都是人间晚晴
石头、风和流水
坠落成大地揪心的伤痛
又有谁会将它们一一清理

经过金锁桥，你在左，我往右
铜山以西，商旅络绎
铜山书院清凉的晨钟
还和古时候一样
而今乡镇场上的云朵
依然安详而静谧
光阴如星辰颗粒
浩瀚中，同频轨迹
仿佛又短暂交集
碰出火花与激情，在这里
诸多圣哲，曾如天际的群星
在遥远夜空，在二十八星宿中
你是那颗最闪亮最耀眼的文曲星

[汉书下酒]

你说，头顶上的那些浮云
都是好看的风景
就如我童年跑丢了的云
时间的掌纹
正遇山间鸟鸣
有人坐在寂静的玉河边
就着一本《汉书》下酒
泗泗江水畔，时有击掌而呼
恍惚间落日点头
风吹过，云向南走水向北流
留下的激情都交与了远山与谷壑

岁月捧起一本陈旧的书
铜山古城千年突兀
缓缓打开，而今称谓叫广福
有人递给我一支苏公笔
说是，顺着此山的文脉

写出狮子山金黄绿翠
有人在自言自语:
“击之不中真是可惜”
寂静的河滩，除了我
就只有转了几圈又飞走了的画眉

玉江河，曲水流觞
苏公笔高高耸立
唐宋元明清
各路先贤曾经在此云集
赋诗写石亭
那些在云层上飘浮的身影
弥久的花香不散去
玉江河淹着那么多石刻
如泥土掩盖的诗魂
在河堤旁，石刻上的文字
后世没几个人能读懂，我也读不懂

晨阳之下（外一首）

刘志明

晨阳之下
一只蝴蝶
立于露珠

春风过
露珠碎
蝴蝶远飞

它们比一茬一茬的
青草
更易逝于人间

这是初春的晨曦
以崭新的光芒赋予生死

[谁能说出哑蝉之苦]

秋凉了
树枝上的哑蝉
身披霜露和寒战
在冷风中活命

生之短暂
死之静寂
哑哑的苦蝉
唯有落叶之命
方能说出你断弦之悲

旅程（外一首）

张文军

庄子其实在峡谷里
十几户人家
被随手洒在土台上
形不成方阵
也挡不住南来北往的风
峡谷的外面是更大的峡谷
那里有学堂、诊所、小卖部和榨油坊
我的童年，原版就珍藏在这里
再往外走，峡谷越来越大
我的探询之旅，眉宇之间
混杂着浓郁的秋天的气息
再往外，峡谷已不能称作峡谷了
日月穿梭，天地辽阔

我称它为爱或者情
这段旅程，我走得极其辛苦

[酸 杏]

我尝试描述园中的一棵杏树
最酸的那棵
牙根忽然开始松动
多少年了，这种感觉没有衰退
反而更加敏锐

开始了，就很难停下来
我能悟出的道理仅限于此

你在树下，我在树上
为了偷食这人间的美味
我们学会了分工
学会了一些小小的谎言

现在，我们必须强忍牙根的酸
给余生留出足够的空白

柿子红了（外一首）

张宏超

不是所有的圆滑
都能称得上圆滑
比如一颗柿子
它的内心充满了苦涩

很多时候，成熟
正走在通往秋天的路上
它们要经历
冷风骤雨的淬炼
要邂逅一缕阳光的相思

随着季节的律动
一些事物的内部
进行深刻的酝酿，嬗变
在你我不经意间
透露出红彤彤的心事
岁月的铁，又一次在
心中甜蜜凝结……

[秋 雨]

时间煮雨
有时候，生命不能
承受过多的雨水
尤其，当它泛滥
成灾的时候
比如，今年的秋雨
它颠覆了我对季节的认知

身怀六甲的豆荚
再也听不到爆破之音
仰脸张望的辣椒
丢失了红彤彤的笑脸
雨中站立的金叶
正在寻找回家的路

秋风、秋雨压弯了
烟农的肋骨
泥水和汗水，又一次
塑造生命的倔强
阳光的温暖、明媚
终将成为暗香的一部分

散文诗
Prose Poem
Cao Tang

叶开

第三交响曲——英雄（外一章）

【作者简介】叶开，本名解金辉，河北省衡水市人。供职于衡水市某国企。作品发表于《散文诗》《散文诗世界》等。

我要扼住命运的喉咙，决不允许它毁灭我。
——贝多芬

坠落的星辰。凝望和沉默才是
我虚掩的门。弦上的箭，铁骑上的金戈
时光埋伏在青铜背后，轻轻滑过你的指尖
我的瞳孔瞬间点亮了隐藏的暗处
和你一样，我的身体里也将拥有大海、飞鸟和星空
以及忧郁、战栗和疼痛。信守诺言
我已遍体鳞伤，却依然回应着暴风雨的猛烈
从不退缩，从不躲避过去、现在、未来，甚至孤独

傲慢与时间都静静停伫
一朵百合，等待怒放。世间的压抑和倾轧，随时要倾泻而出
乌云、暴雨、花朵、火焰和所有寂寞的呼声
那种静，深入岁月的内部，如江河沉默，无声里直抵黑暗
前方，谁在等待？谁懂得波涛汹涌的悲伤与坚韧
谁和我一起，选择弯路，选择背负苦难前行
在无数个夜晚，你与我都如史诗般奔流而下

灵魂的震动，伤口隐藏在
江山和岁月的转弯处。沉默的石头
蓝色的火焰，盘旋，上升，涅槃
深邃的战场，旌旗都铿然作响
“投入烈火中冶炼，在铁砧上锤打，它裂成碎片，伸张着，扩展着……”※
一些喧嚣与疼痛。每一条路都覆盖着一场盛大的祭祀
信仰的神祇，不止一次将你和我同时贯穿

指尖跳跃，琴弦上的炫光，追逐梦想中的遗落
把寒风和雨雪谱写进去，把沉默和恐惧也写进去
把飞翔、高傲和希冀都写进去
连同艰辛和孤独。忧郁的郁金香啊
圣洁的爱只有唯一，光泽隐于比黑暗更黑的吞噬
沉睡后醒来，神应赋予我新生的使命

※：罗曼·罗兰语。

[第五交响曲——命运]

只要是为了获得更美的事物，任何规律都可以破除。
——贝多芬

最冷的月光里，有一种凝固的幽暗
我默然静立，寻找时间的出口
岁月的波涛汹涌而下，在泛着星光的琴弦上
唤醒我古老而痛苦的知觉

我将在夜色的底部，温凉如水
静静地穿越维也纳的城堡
和你谈论星座和历史，注释沉沦抑或升华
时间的羽翼，掠过古老的多瑙河
有凝重而粗犷的思想在复活，有贫瘠的种子在等待萌芽
音乐响起，叶子如蝴蝶般飞舞回旋

我该如何向你描述我听到的呐喊，路德维希·凡·贝多芬
丛林里的鹰划破天空的锋刃，烈马挣脱缰绳
撕裂的雷声、闪电、暴雨、波涛与奔跑
逆流而上，一片漫无际涯的荒芜
孤寂和萧瑟在你心的左边，轰鸣与沧桑在你心的右边
忍耐，把自己打开
让火焰穿过弥漫在瞳孔里的眼神

一首诗慷慨就义。飞鸟在音符中坠落
我所能触及的土地，已经悄无声息地落满荒尘
我们不要玫瑰，只用疼痛和苏醒的灯
就可以在黑暗中感知光明

蒹葭（外一章）

白麟

【作者简介】白麟，本名周勇军，陕西太白人。中国作家协会会员，中国音乐家协会会员，陕西省职工作协诗歌委员会主任、宝鸡市职工作协主席。现居宝鸡。出版《慢下来》《音画里的暗香》《附庸风雅——对话〈诗经〉》《白麟的诗》等七部诗歌集。曾获第22届全国鲁藜诗歌奖、陕西省第三届柳青文学奖等。曾参加第四届全国散文诗笔会。

那些芦苇——蜗居在城市里的芦苇—— 和瘦骨嶙峋的水一起， 被挤在逼仄的河床；蒹葭，只是她早年的官名，很像《诗经》里一位窈窕淑女的芳名……

曾经的渭水多么宽阔，国史上的第一条天然大运河，结成了秦晋之好，孕育了周秦汉唐；它更像一支羽箭，张弓东射，让秦所向披靡，一统天下！

蒹葭苍苍——河道里留下多少舟船的足印、白帆的水眸、送别的白帕、远征的遗言……

那雪白的芦花，不就是紧贴河面追魂的鸟群吗？不就是随王朝、船队一起远去的帆影吗？

只剩这些芦花——被遗落的凤冠霞帔，每每在深秋，倾吐对伊人的思念：

这些伊人呐、单薄的梦中佳人，只饮白露夕光，仿佛短促欢鸣的秋蝉，等待她的总是空空的壳蜕；

而河道外的城市，自然需要几枝蒹葭的道具装点浪漫，甚至借新建的亭台楼榭，营造古典水韵；

其实他们不需要如此诗意的植物，他们想避开蒹葭的掩映，挖空心思地寻找出路，以通向世俗的荣华！

蒹葭，亭亭玉立的——是风雅的遗存，是白衣飘飘的年代的怀恋；燕雀偶落枝头，是在喟叹往昔的舟车连营，还是啁啾残留的风花雪月……

千年古渡，不见船骸。
只剩洁白的芦花让我浮想联翩：
飘逝的爱情？沉沦的思想？朝圣的灵魂？
蒹葭苍苍，在这灯火都市，白露为霜……

[在那峡谷深处]

——听班得瑞音乐致故乡

走进这一片异国他乡的峡谷，恍若误入了一个一尘不染的仙境：
扑面而来的山色水光：空山新雨、鸟鸣春涧，松间明月、石上清泉……
寻梦的欧洲，与千年前中国的古典不谋而合！

少女峰的初雪、罗春湖的溪流，还有玫瑰山麓的林涛……
似乎每一个空灵的音符，都采自天然的元音——
徜徉——此刻才展现出它作为汉字最浪漫的本色！
不信，随手拈几枝花草，随口吟几句诗词，那浓浓的绿意瞬间就会沾满全身——
在想：这是不是孔子爱听的雅乐？一不留神，怎么跑到阿尔卑斯山脉去了呢！

忙乱、喧嚣，繁杂、疲惫，迷茫的楼林、窒息的尾气……
想摆脱吗？跟她来，跟这条轻盈的小路漫步山谷吧：
鸟鸣叫空了山谷，叫幽了山道；
峡谷中变幻的风儿，掀起我们童年的纯真；
清冽的谷溪，洗濯我们眼眸上的染尘……

远山寂、春衫薄，喊一声就会听见儿时“山娃娃”的回声！
是啊，沿山野的母腹、乡土的脐带，我们终究能找回久违的花园。

乡间听风，民间采铜；
一声鸟鸣、一袭云影……远胜过城市歇斯底里的叫卖；
在这个喧哗与躁动的人间——
世道人心，才是永恒！

雨的鸣响（三章）

陈美桥

【作者简介】陈美桥，80后，作品发表于《星星》《散文诗》《青年文学》等。著有美食书《一学就会的下饭菜》《绝对！家常菜》《麻辣鲜香！》，在《达州晚报》开设美食专栏。曾获《星星》诗刊“魅力临潭 · 生态家园”全国诗歌大赛优秀奖。

[春 雨]

雨中，氤氲着艾草的香气。
去年的刀口上长出新苗。叶片打开的，是苦难和治愈。

苔藓裹住虫豸的肉身。绵延的雨，滑过鸟兽的沉默。田地里，有密语琐碎。
犁头上的雨，与巉崖比肩。雨，攀缘高处，也随波逐流。

老牛，把姿态放得很低。牛蜱在耳内蛰伏，那么多的痛痒，隐秘而又难言。
皮毛深入泥土，醮醮春雨。在前进中，改写听过的故事。

耕种的齿痕，梳理掉一些可有可无的情节。
脚下那些深深浅浅的铺垫，是大地的肺叶，在雨中咳出的赞许。

[寻 雨]

雨打湿高粱吐出的火焰，旗帜举过头顶，扬动粗糙的真理。
父亲同高粱，在雨中，交替昂扬。

玉米的牙齿，吸饱雨里的钙质。而父亲刚掉的几颗大牙，迁徙到灶孔里，询问灰烬。

一颗饱满的玉米，也许能短暂填补岁月的坑洞。但老化的纤维，在齿间的磨合中，怎么都打不开褶皱。

父亲与稻子，一样躬身。谁也追不上一滴雨的脚步。
他们善于对一场大雨，使用祈使句。谦卑，可以减少霉变的可能性。

庄稼在雨中涌动。父亲却卧倒原地，轻盈得不留痕迹。
缩小的父亲。要在旷远的大地中，寻觅一滴雨跌落的尽头。

[秋 雨]

在雨中，种下玫瑰。手里涌动的热浪，会遭遇扎心的针芒。
泪滴匍匐。体内深掘的盐粒，蜂拥而至。每次悔悟，都如刮骨疗伤。

雨点砸向秋风，有些花瓣顺势而动，白出坡度。
花瓣也会凝结阵痛，耳畔鸣啭的枯萎，容不下一个红字。

雨滴挤进罅隙，巧妙地屏蔽，那些纠结的噪音。
隐痛在洞穴里沦陷。看满坡叶腋下的翠绿，终究会为谁红颜。

当骨节一天天变硬，泥土的酸碱和湿度，不再温柔地附和。
谁还能在秋雨中，种一朵合格的玫瑰?

庸常的表达近乎完美生活（组章）

——给女儿

马飚

[总 论]

大海是退出来的。旭日的背影，新的一天，万物飞升。那时父母健硕、孩子天真，我努力得像一个巨人。

百叶窗，是青春的格子装满光。堡坎上水文竹家的记号，红住房都相似。蜻蜓是一个单词，风的发音热香。

米易县海塔，卵石储存贝壳，桃花满天之所，我与生活相遇，命运有时很刻意，那时你妈妈二十一岁。

我现在远得像在星宿之上，眺望是唯一所成。我爱每个陌生人，大家就共同守护你。我们在一个异地啊女儿。

[第一个朋友，是血缘之外的亲人在赶来]

远离。想起山河、风物，自豪地说起出生地。

我问自己，第一个朋友是谁？这比星空重要。写下十个名字，人生就很富足。我们在文体楼唱一元一首的歌，舞场在江边，青春逆着流水。

一伙年轻人的友情，一直到老。因为我们当年一样的土，是偶尔发现的法宝。

离天近，热带，青春熟得快。二十几岁，大学毕业的、转业的、轮换接班的。三十年后，仍清晰如残墙上的旧字体。

孩子，要追求一点诗意让自己安静，这是阻止世界速变的唯一心力。

[必经忏悔，而同情是新增的苍穹]

小错，是一个大地方，很难找到那个需要道歉的人。

我在上大学和婚后各惭愧一次。

用整月工资上百元，给你妈妈买了一双压花红皮鞋，似乎穿了上个世纪，那时她二十岁。

大教训练出小技能，也不如善、爱。而拼争，只为正义不为自身，最终胜利，通常要五年，坚持、坚信，人生没有比这更高的成功。

落日是我的另一列慢车。开始欣赏云天，像一个外地人。

苍天送来群峰。

孩子，你获得的祝福那么美，与我当年一样有劲儿。

【作者简介】马飚，中国作家协会会员，鲁迅文学院新时代诗歌高级研修班学员。中国作家协会重点扶持项目签约作家，四川省作协重点扶持项目签约作家，攀枝花文学院签约作家。出版诗集三部，多次获奖。

[给自己一些话题]

年轻时通神，半百后入圣。人们走着同样的路，像聚散是自己的两面，我西南、东北之奔波，无暇达炼，满心使命与惭愧。

清澈的我如水面盛满光辉。我清澈，人世净，万物大美，是高中至大学到刚工作的那时，一段通透的自己，世界既是内心。

青春期里的山高、天低、水长，花花草草、悬崖深谷，和点点村落诞生诸神，似我好友。

今天的我更喜欢柴米油盐的烟火与云天浸染。

我用苍老，向自己的青春举起双手。像拥抱成人了的小女儿。青春一直在获胜，我从没输过。更多的我飞出了更大的前方。

[坚持，像森林用光影酿酒]

不要漂泊，树是一种职业，雨水点燃红土来启迪我。女儿，必经的旱季，是万物与你通透。

我若坚持，讲台已成金沙江的花果园。一次学校发啤酒，二十个学生一人拿一瓶，送回我家，喜感一直在心头，长成屋外喜树！

高原被记住。上苍的胸怀正合我心，壮美得很舒坦，像一群巨神的行进声。

中年后的我，是青春上空的一个闷雷吗？时间总是找到最好的旧痕。隧道的另一端，我比镜子里的自己还深远。

[过往给我留出未来]

女儿啊，我现在走路靠边，把宽留给年轻人。明白了父母佝偻的内涵。

天空多么拥挤，让太阳快升起。土豆花的湛蓝是获得的自由。

我对世界依旧动心。小白穿越芳菲归来，给爱增加的，是减去了很多。年龄有着不增加世界负担的力量。

回望者排到暮年。天地如身影，野花是心灵的哲学家，这已多的奢望一样。

一个老人，荣获过无数人生的奖励，那些艰难，再想起都是会心的笑意，让我豁达，这，就是奇迹。

孩子啊！当下所有的，都是几十年后的珍宝。珍视你的痛楚，这暗处的提示，今后会越发稀少。

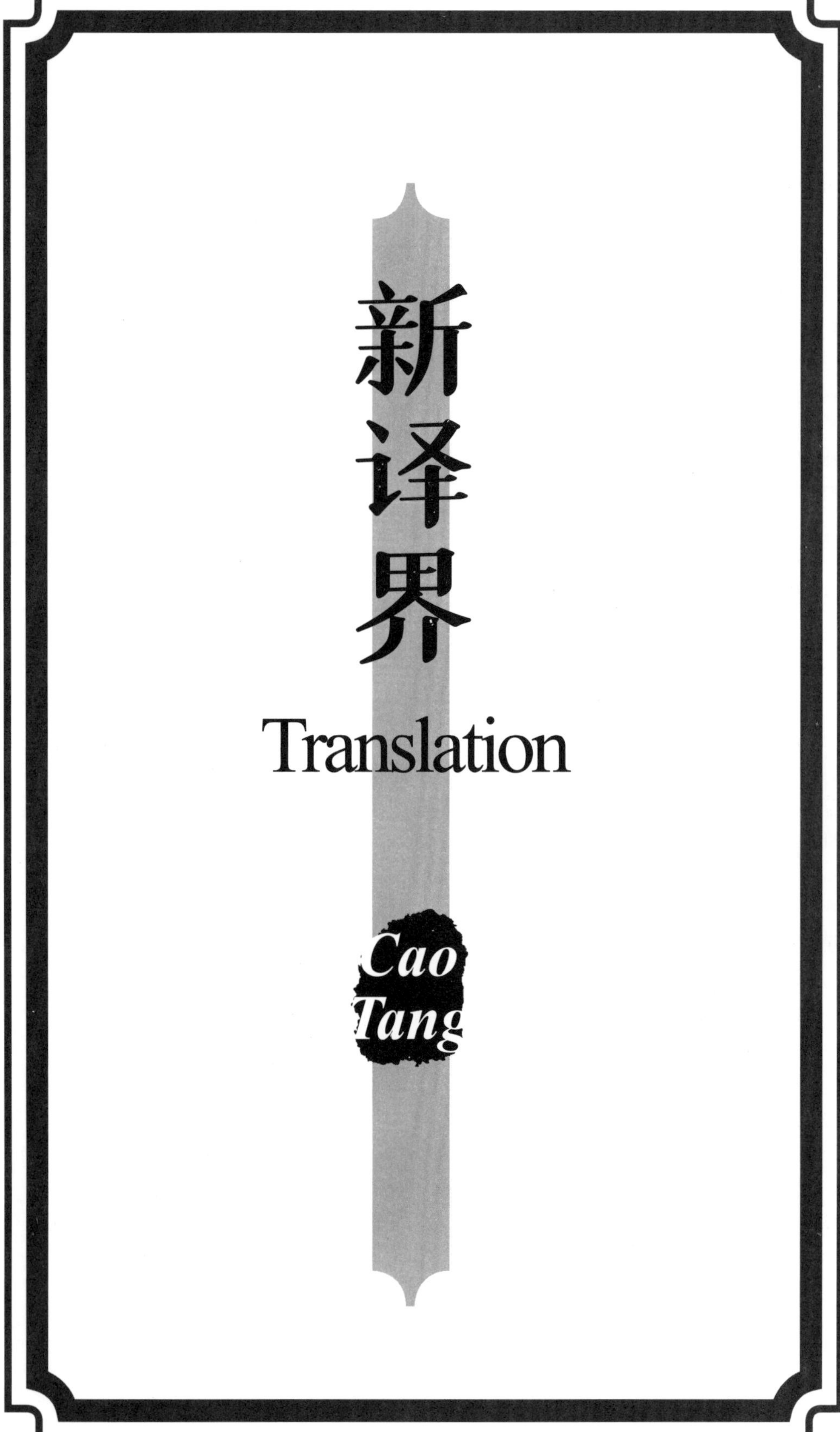
新译界
Translation
Cao Tang

竹内新诗歌选

◎竹内新 / 田原 刘沐旸（译）

[作者简介] 竹内新（Takeuchi Shin），1947 年生于日本爱知县蒲郡市。毕业于国立名古屋大学中国文学学科。日本诗人、汉学家。1979 年至 1981 年曾在吉林大学外语系教授日语。出版有诗集《岁月》（白地社 1986 年）、《接近树木》（行路社 1997 年）、《果实集》（思潮社 2014 年）、《两人的暗语》（泠标社 2022 年）等。翻译有百余名中国当代诗人作品，译著有《中国新生代诗人诗选》（诗学社 2004 年）、《中国新生代诗人诗选（续）》（诗学社 2006 年）、《第九夜》（思潮社 2013 年）、《西川诗集》（思潮社 2019 年）、《梅尔诗集》（思潮社 2020 年）等十余部。

[天空的遗迹]

太阳在城市之上升起
路上的人潮，市场的喧嚣
彻底消去昨夜丁香的芳馨
消去我的记忆

我开始无言的旅行
与干涸的沉积岩对话
回想玉米那匆匆的日子
然后，目击无数乡村天空的一生

每停一站，光耀的天空下人声鼎沸
列车行进中，天空因人影愈发沉重
怀抱岩石的土地支撑不住天空
终于，黄昏的天空沉入村落

昨日如一座山峦的梦在路中倾颓
人群在其上来来往往
几点星子也落入庭院
人们踩着它归家晚餐

黎明
村庄不会浪费哀愁
把泥土中宏大的遗迹擎向天空
广场上的追悼会

我忆起——
沙子里午后的餐桌
沙子里的餐具
砖墙，土墙，土的原野。
某一天被沙子掩埋的城市

[断 章]

1
树木才是
一整个夜晚

记忆中耸立
盈满水的影子

灯火从枝杈的荫翳处降落
把岁月逐渐净化为均衡

树木的记忆一切平等
无论树梢或根须

2
树木才是
梦的休憩地

记忆都回到开始
依季节变迁层层堆积

老树
对梦的内部构造了如指掌

3
窗玻璃另一侧的热带雨林
我熟悉那许多绿蝶

微风拂满树的间隙
雨滴落耳底沛然有声

绿蝶诞生于树梢的喧嚣
待大气休息便一齐翩然降落

树根处必有一伟大的道德家
无政府主义者

伴随昼夜诚实的呼吸
每棵树下都隐约化成流星

[柿 子]

记忆沸腾的，五月

柿子在枝头柔和地
一齐，颤动

这与大气
形成如此清爽的
平衡

就如
太古的，某个清晨
就如一切的开始
都突然间，排成一面

一瞬，我知悉
叶脉中无数的清晨
已连成一线
从遥远的微风
到颤动的叶片

两亿四千万年，如此笔直

[白 花]

别去摇晃它
五月暮色中的白花
花开不是终结
此刻茧里芬芳甜蜜
正做着每年一次的美梦

天空裹挟着湿气
垂直水平均无限延展
尽头的果园中
不曾想起上帝的花朵
只需有一份属于自己的奢侈
便足够
深处隐约发亮的祝祭
花朵们所注视的
是半年后完成的自画像
果实色泽鲜艳的水系的丰饶

花不但美在眼中

亦美在梦中
五月暮色中的白花
若问它因何而生
它应回答，因它已梦过
待明日，蜜蜂就会替它
将这梦送往人世
喜悦的金色泪水属于蜜蜂
安心后，花瓣
即使枯萎零落成地上的空壳也不足惜

就如同都市其实筑于荒野之上
花朵也全部盛放于荒野
那已是接近精神之物
不可以把它摇醒
明天是开始结果的白花

[眺望]

登上山丘
天空在大海之上
间隔统统被去掉
浮云两三片
老鹰高高地乘着风
毫不厌倦地盘旋着

无论大海还是半岛
都无法承担的大气中
飞掠过云的风
呼啸过浪头的风
都不过是没有结局的关系的
一部分而已

在那里，视线
可以生出翅膀
于天空逍遥
飞往地平线
可以把眺望
变得随心所欲

若是有那样的广度
便没有必要突破
直至那片湛蓝的另一侧
无论希望有多大
回忆有多无穷
都能把它们包容其中

仿佛晾干积攒的衣物
把迄今为止的思绪
都高高扬起来吧
只需远远一瞥
无论何时都能从那儿
把它们抽出

[等待]

常年居住在孤岛的我
已经习惯了等待
别说是船舶定期往来
连季节也从远方流转而至
星星也传来太古的光亮

食物刚好够温饱
也会唱几首安慰心灵的歌
书和记忆一有机会也能取出几样
苍蓝的虚空总是从高处覆盖住岛屿
在那彼方总有遥远的地平线

我等待着
不知从何时也不知从何处来到的东西
若不是苦等上一百年
便算不上等待
我等待着不会到来的东西

花言巧语的奉承也好，巧言令色的劝诱也罢
连充满恶意的污言秽语，不久后都会褪色
我仅仅是等待，并不去干涉
所谓等待，终究是否定现在
所谓否定，总归是正在等待的现在

时间把生活的琐事一一冲刷走
它冲走我的睡眠，我便在流动中等待
等待我习惯亲密的幻梦
作为人世间最后一瞥的风景渐渐成熟
与尚未得见的事物同在

[读 书]

或许是因为青梅竹马已有几人离世
比起伴着故事同行或是与动画片游乐
倾听死者的声音要变得更为现实

蓝天如此耀眼，天空那头是闪烁的北极星
大地上是草木郁郁葱葱的绿
从不远的某处传来挖掘机刨地的声音

此刻传来一声意料外的莺啼
紧接着两声杜鹃响起
半空中闪光一般被记录的它们的声音

原野一隅的树荫宽松地把我装下
读着文库本[※]的我，甚至听见十九世纪死者的语言
微小，却又清晰

那一侧是死者活着的地方
那句话从那儿像星光
又像鸟鸣一样被说出

现在，如果某地有人与我同读一本书
即使相隔万里，我们也能交换这一刻吧
我能与过去读过它的人，共享这蓝天吧

死者之声被无限复制，无论时间与空间
即使此刻也有人正对其竖起耳朵
若是静静聆听这片天空，就能发现通往永恒的数个入口

※：奥古斯特·布朗基著《藉星永恒》（浜本正文译）。

[刹那间]

叶片成熟变作浓绿
果实在这时候
添了几分颜色
沉甸甸地坠在枝头

太阳也渐渐成熟
晚霞
向着天空的尽头
渐渐远去

不仅仅是红叶、墙壁
或是人的脸庞
连下垂的蜜柑
也都被微微照亮

聚集一起下垂的
球面们
刹那间
染上淡淡红装

眼看它渐渐暗淡
幸福的时光

子美逸风
Traditional Poetry
Cao Tang

贾来发诗选

◎贾来发

[夜见菜农]

头戴盔灯身戴月，摘花摘豆摘星星。
蛙声献唱忙难顾，欲售城中一担青。

[重访易门]

春到菌乡值雨晴，水城处处喜闻莺。
风花不减当年胜，映日寒流一样清。

[夏日过桃溪村]

日午村间静不喧，长空但见燕翩翩。
一溪流水桃兼柳，雨后莺声几处传。

[雨中游星云湖]

烟波柔柳雨霏微，过午晴开白鹭飞。
缱绻不知天日暮，星云也载满船归。

朱夏楠诗选

◎朱夏楠

[遥寄]

风绪满城花兼柳，乱石如垒断横流。
渺渺烛影摇轩阶，依依丁香结绸缪。
懒将重帘覆绿纱，空悬长剑祭旧游。
对此遥寄三江水，送客独行上兰舟。

[送同乡自京往穗]

闻君有归意，薄酒致筵席。
杨柳落风尘，未若江南绿。
此去各天涯，可会在故里。
折枝遣君怀，莫道无人忆。

[敦煌]

北风烈烈马蹄深，青山迤逦过雁门。
黄河几度易旧辙，大漠千古少新痕。
月牙清泉鸣沙岭，祁连天境锁阳城。
一曲杨柳听不尽，声声凄惶送征人。

[夜饮]

看似奇崛最寻常，迷花乱眼佯作狂。
一宵朗月挂高台，江海倒转九回肠。

龚飞诗选

◎龚 飞

[题黄姚古联]

高山仰止企难攀，造语天然绝涩艰。
思向古人分一席，此心终愧白云闲。

[题黄姚鲤鱼石]

时流几辈驭云回，咫尺龙门意可哀。
寄语往来休践踏，棱棱石骨隐风雷。

[酉州八景之玉柱云开]

南山幽绝北山清，中有奇峰照眼明。
形胜一区归掌握，烟霞万户幻升平。
野花劫后开犹好，旧梦风前续不成。
记得当年松下过，月华如水转无声。

[夜饮丽江]

酒半初惊夜气凉，微闻好曲亦神伤。
今宵雨似当年雨，遗我相思一段长。

[和石斋兄中秋赠诗]

把臂壶山结胜游，冲寒漓水放轻舟。
蒙君佳句翩翩到，并作浮生一段秋。